Neue unglaubliche Geschichten

Ein Versprechen aus Afrika

Pierre Bellemare
Jean-Marc Epinoux
Jean-François Nahmias

Ein Versprechen aus Afrika

Neue unglaubliche Geschichten

Aus dem Französischen von
Antoinette Gittinger und Klaus Jöken

Dokumentation: Gaëtane Barben

nymphenburger

Auswahl aus der französischen Originalausgabe:
»Les génies de l'arnaque«,
erschienen bei Editions Albin Michel, Paris

Besuchen Sie uns im Internet unter
http://www.nymphenburger-verlag.de

Satz: Schaber Satz- und Datentechnik, Wels
Gesetzt aus 10,75/13,75 Punkt Times
Druck und Binden: GGP Media, Pößneck
Printed in Germany 2003
ISBN 3-485-00978-4

Inhalt

Heiße Diamanten *7*

Ein Versprechen aus Afrika *17*

Die dreiundzwanzig Särge *20*

Im Namen des Vaters, des Sohnes und des Heiligen Geistes … *32*

Das Schneeball-Prinzip *36*

Alles über Patrick *45*

Die Loire-Schule *48*

Der Traum des Fernfahrers *57*

Das spiritistische Brett *60*

Letztendlich zählt das Glück *69*

Die vierzehntausend Vettern *72*

Ein unterzuckerter Diabetiker *81*

Die Süßwarenbande *83*

Slawische Post-Impressionen *95*

Der Sonnenstich *100*

Glücklich wie Ulysses … *112*

Der weiße Windhund *118*

Ein Abend in Hamburg *129*

Blindekuh *133*

Ein gewiefter Experte *147*

Der Mann, der den Eiffelturm verkaufte *151*

Die Millionen des Maharadschas *164*

Ein kleines Meisterwerk *168*

Versuchung im Pigalle *175*

Die kleinen Schweine *179*

Kleiner Streichholzhandel *191*

Die teuerste Kreuzfahrt der Welt *195*

Kleinanzeigen *209*

Die Geschichte von den Truthähnen *212*

Heiße Diamanten

»Schauen Sie sich das an, Sir Julius.«
Henri Lemoine löste die Krawattennadel aus dem Seidentuch, das er künstlerisch um den Hals geschlungen trug. Auch seine übrige Erscheinung vermittelte den Eindruck eines Künstlers: das blonde, natürlich gewellte Haar, sein Backenbart und der dünne Schnurrbart. Er war noch jung, um die dreißig. Und er gehörte zu denen, die vom Leben immer verwöhnt wurden.
»Wollen Sie etwa sagen ...?«
Sir Julius Wernher nahm die Nadel in die Hand und musterte den herrlichen Diamanten, der sie zierte. Sir Julius Wernher war nicht irgendjemand. Damals, Anfang des 20. Jahrhunderts, zählte er sogar zu den einflussreichsten Männern Großbritanniens. Er war der Direktor der De Beers, der berühmtesten und größten Diamantenmine der Welt, die in der reichsten Besitzung Ihrer Majestät lag, nämlich in Südafrika.
Julius Wernher war das genaue Gegenteil seines Gastes. Mit seiner Haltung, als habe er einen Besenstiel verschluckt, und mit seinem grau melierten Haar wirkte er fast wie die Karrikatur eines englischen Geschäftsmannes. Es war jedoch kein Zufall, dass er sich bereit erklärt hatte, Henri Lemoine an diesem 5. Mai 1905 in der Londoner Zentrale der De Beers zu empfangen. Sir Julius Wernher tat nie etwas rein zufällig.
»Nein, Sir Julius, dieser Diamant ist nicht mein Werk.

Aber mithilfe der Wunder der Elektrizität verspreche ich Ihnen genau so einen.«

Einen Moment lang war es in dem imponierenden, strengen Büro mit den dunklen Wandvertäfelungen völlig still. Schließlich reichte der Brite das Schmuckstück seinem Besitzer zurück.

»Wie viel brauchen Sie, um eine Produktion künstlicher Diamanten aufzubauen?«

»Zehntausend Pfund.«

Julius Wernher entnahm seinem Schreibtisch ein dickes Bündel Geldscheine, eine beachtliche Summe, die nach heutigem Maßstab etwa 75 000 Euro entsprach.

»Wann machen Sie sich an die Arbeit?«

»Sobald ich wieder in Paris bin.«

»Ich schlage Ihnen eine Partnerschaft vor. Nach der Herstellung des ersten Diamanten zahle ich Ihnen 80 000 Pfund zusätzlich, um die Rechte an der Erfindung zur Hälfte zu erwerben. Ist das korrekt?«

»Vollkommen korrekt. Wahrscheinlich kann ich in einem Monat die ersten Ergebnisse vorweisen.«

»Schon?«

Henri Lemoine lächelte bescheiden und stopfte die Geldscheine in einen mitgebrachten Handkoffer.

»Die Technik ist nicht weiter kompliziert. Das ganze Geheimnis liegt in den beiden Pulvern, dem weißen und dem schwarzen, und in ihrer Affinität mit der Elektrizität.«

Aus demselben Handkoffer nahm der Franzose einen versiegelten Umschlag.

»Hier. Darin habe ich alles aufgezeichnet. Das Verfahren ist so einfach, dass es jede beliebige Person, die sich ein wenig in der Chemie auskennt, durchführen kann. Dieses Dokument hinterlege ich bei meinem Notar mit dem Auftrag, es Ihnen allein auszuhändigen, falls ich unerwartet sterben sollte.«

»Das ist sehr freundlich von Ihnen, Mr Lemoine.«

»Kommen Sie nach Paris, wenn ich so weit bin?«

»Natürlich, auf der Stelle. Das ist schließlich vorrangig.«

»Also bis bald, Sir Julius. Ich schicke Ihnen ein Telegramm.«

Nachdem sich die beiden Männer die Hand geschüttelt hatten, verließ der Franzose mit der künstlerischen Erscheinung das imposante Büro der De Beers.

Sir Julius Wernher war nachdenklich. Der für seine Ernsthaftigkeit bekannte Mann hatte keineswegs den Verstand verloren. Ihm war bewusst, dass er es vielleicht mit einem Scharlatan, einem Schwindler, zu tun hatte. Aber sicher war er sich da nicht und darin lag das ganze Problem.

Anfang des 20. Jahrhunderts hatte man die Elektrizität eben erst entdeckt. Dieser noch schlecht bekannten Energiequelle schrieb man außerordentliche Kräfte zu, so wie wir es noch vor wenigen Jahrzehnten mit der Atomenergie taten. Wer konnte mit Sicherheit sagen, dass ein Stromstoß nicht auch einen Diamanten erzeugen kann? In *Frankenstein*, einem damals noch viel gelesenen Roman, schuf ein Wissenschaftler mittels der Elektrizität einen lebenden Menschen. Natürlich handelte es sich nur um einen Roman, aber man lebte in einer Zeit, in der sich die Wissenschaft unglaublich rasch entwickelte und in der der Glaube an den Fortschritt noch nicht erschüttert war. Wenn man die größten Diamantenminen der Welt leitet, kann man es sich nicht leisten, einen Henri Lemoine auf die leichte Schulter zu nehmen.

Genau das hatte sich auch Henri Lemoine überlegt. Er war nämlich tatsächlich Wissenschaftler und hatte seinen Abschluss an der Elitehochschule *Ecole des mines* gemacht. Sein Spezialgebiet war die mineralische Chemie. Allerdings hatte er schon immer mehr durch Intelligenz als durch eine ethische Gesinnung geglänzt. Bereits als Kind zeigte er eine besondere Begabung für Taschenspielertricks. Zauberkünstler war sogar sein Traumberuf. Seine Eltern entschieden jedoch anders und zwangen ihn zu studieren. Aber er nahm seine Revanche! Er wollte Wissenschaft und Taschenspielerei vereinen, um zu beweisen, wie fruchtbar eine Verbindung zwischen beidem sein kann.

Zurück in Paris richtete Henri Lemoine in einer kleinen Zweizimmerwohnung in der Rue Lecourbe ein Labor ein, zu dem nur er allein den Schlüssel besaß. Übrigens war das rasch erledigt, weil die Ausstattung eigentlich nur aus einem elektrischen Ofen bestand. Für seine angeblichen Versuche ließ er eine angemessene Frist verstreichen. Dann schickte er ein Telegramm an Sir Julius Wernher nach London.

Dieser eilte sofort herbei, sodass schon am 12. Juni 1905 die große Vorführung stattfand. Beim Anblick der schäbigen Umgebung zog der Brite ein verblüfftes Gesicht, doch sein Gastgeber beruhigte ihn lächelnd.

»Diskretion geht über alles, Sir Julius. Und vergessen Sie nicht, dass die Erfindungen, die die Welt verändert haben, oft an Orten wie diesem hier gemacht wurden.«

Der Direktor der De Beers setzte sich auf einen Stuhl, den er vorher mit dem Taschentuch abgestaubt hatte. Henri Lemoine stellte den elektrischen Ofen auf den Tisch, schob den Stecker in die Steckdose, klappte die Ofentür auf und holte zwei kleine Schachteln herbei.

Als er den Inhalt der ersten in den Ofen hineinschüttete, verkündete er feierlich: »Das weiße Pulver!«
Dann tat er dasselbe mit dem Inhalt der zweiten Schachtel: »Das schwarze Pulver!«
Anschließend schloss er den Ofen und drückte auf einen roten Knopf. Es knisterte. Er ließ etwa eine Minute verstreichen und drückte dann erneut auf den Knopf.
»Wenn Sie bitte öffnen und sich selbst überzeugen wollen …«
Mit immerhin leicht zitternder Hand gehorchte Julius Wernher und zog ein paar bräunliche Steinchen heraus.
»Was ist das? Sieht aus wie Bort.«
Der Franzose schaute es sich ebenfalls an.
»Tatsächlich, das ist Bort. Natürlich ist es noch nicht ganz perfekt, aber das Ergebnis ist ermutigend. Chemisch gesehen ist die Formel dieselbe. Mir fehlt wohl nur noch ein bisschen Übung.«
Der Direktor der De Beers nickte, während er das dunkle Häuflein in seiner Hand musterte. Bort ist ein Rohdiamant von geringer Qualität, der zwar zur Schmuckverarbeitung ungeeignet ist, den man jedoch zum Polieren der eigentlichen Diamanten verwendet. Das war tatsächlich ein bemerkenswertes Ergebnis, obwohl es wirtschaftlich gesehen keinen besonderen Wert besaß.
»Das weiß ich zu schätzen, Monsieur Lemoine. Doch die vereinbarte Summe kann ich Ihnen nur gegen echte Diamanten auszahlen.«
»Selbstverständlich, Sir Julius. Dieses Missgeschick tut mir Leid, aber ich bin sicher, dass wir beim nächsten Mal Erfolg haben. Möchten Sie morgen wieder kommen?«

Der Brite willigte ein und erschien auch am nächsten Tag zur selben Zeit in der Zweizimmerwohnung in der Rue Lecourbe. Henri Lemoine hatte absichtlich mit einem halben Fehlschlag angefangen. Wie alle Künstler, insbesondere alle Taschenspieler, verstand er es, seine Wirkung zu dosieren. Wenn man gleich mit dem besten Trick anfängt, weiß ihn das Publikum nicht richtig zu schätzen. Wenn man dagegen die Spannung langsam steigert …

Als Sir Julius Wernher am nächsten Tag zurückkehrte, war er gespannt wie ein Flitzbogen. Er hatte die ganze Nacht kein Auge zugetan und stellte sich fieberhaft die Frage, ob diesmal wieder Bort oder echte Diamanten aus dem Ofen kommen würden.

Henri Lemoine vollzog dasselbe Ritual, schüttete nacheinander das weiße und das schwarze Pulver in den Ofen hinein und öffnete die Ofentür …

»Schauen Sie. Ich glaube, dieses Mal hat es geklappt.«

Trotz seiner britischen Gelassenheit stürzte Julius Wernher herbei.

»Heiliger Strohsack!«

In der Hand hielt er, vermischt mit Schlacke und Asche, zwanzig weiße, zwar kleine, jedoch lupenreine Diamanten, die noch ganz heiß waren. Sir Julius schluckte mühsam und bemühte sich, sein Herzklopfen in den Griff zu bekommen. Vielleicht war das nur Schwindel, aber wenn es keiner war, stand die ganze Edelsteinindustrie Kopf. Firmen wie De Beers könnten dann ihre Minen schließen und Konkurs anmelden, es sei denn … Es sei denn, man war an dem Lemoine-Verfahren beteiligt, was zum Glück ja der Fall war. Jedenfalls musste er sofort nach London zurückkehren. Doch zuvor hielt er Wort und zog einige Papiere aus der Tasche.

»Sind Sie einverstanden, wenn ich Sie mit einem Scheck bezahle, Monsieur Lemoine? Eine solche Summe trage ich nicht in bar mit mir herum. Und das hier ist unser Teilhabervertrag, den Sie bitte unterschreiben möchten.«
Henri Lemoine nahm gnädig den auf seinen Namen ausgestellten Scheck über 80 000 Pfund entgegen und unterzeichnete den Vertrag, durch den er sich verpflichtete, seine Diamantenproduktion mit der De Beers zu teilen.
In London ließ Sir Julius Wernher auf der Stelle Angus MacPhresp, den leitenden Ingenieur der Firma, kommen, legte die zwanzig kleinen, glitzernden Steine vor ihm auf den Tisch und erklärte ihm ihre Herkunft.
»Was halten Sie davon?«
Angus MacPhresp lächelte leicht.
»Ich finde, dass Sie ein schlechtes Geschäft gemacht haben, Sir. Diese Diamanten sind keine 80 000 Pfund wert.«
»Mal im Ernst! Nicht für die habe ich so viel bezahlt, sondern für die Hälfte am Lemoine-Verfahren.«
Nun lächelte der leitende Ingenieur nicht mehr.
»Eben, Sir. Ich habe selbst auf diesem Gebiet geforscht und bin zu dem Schluss gekommen, dass es unmöglich ist, durch elektrische Wärme Diamanten zu erzeugen, es sei denn, man erzielt eine Temperatur von mehreren Millionen Grad, was heutzutage unmöglich ist.«
»Sie glauben also, dass alles nur Schwindel war?«
»Mit Verlaub, Sir, bin ich mir da sogar ganz sicher.«
»Was raten Sie mir?«
»Lassen Sie ihn dasselbe Experiment noch einmal wiederholen, nur diesmal in Anwesenheit eines Profis.«
»Einverstanden. Dann reisen wir gemeinsam nach Paris.«

Angus MacPhresp begann wieder zu lächeln.
»Ich meinte nicht meinen Fachbereich, Sir, sondern seinen. Lassen Sie sich von einem professionellen Zauberkünstler begleiten.«

18. September 1905. Wieder ging es in der kleinen Zweizimmerwohnung in der Rue Lecourbe geschäftig zu. Dieses Mal war sogar eine Person mehr zugegen als beim letzten Mal, ein braun gebrannter Mann, den Julius Wernher als seinen Chefingenieur vorgestellt hatte. Dieser bat darum, den Ofen inspizieren zu dürfen, und erklärte sich nach einer raschen Untersuchung zufrieden. Unbeeindruckt führte Henri Lemoine dasselbe Schauspiel auf wie beim letzten Mal. Er holte zwei kleine Schachteln hervor und schüttete ihren Inhalt in den Ofen. Dabei verkündete er abwechselnd: »Das weiße Pulver! Das schwarze Pulver!«
Er schloss ihn wieder, drückte auf den roten Knopf und erklärte nach einer Weile: »Wenn Sie jetzt bitte öffnen und sich mit eigenen Augen überzeugen würden. Die Steine sind noch heiß.«
Julius Wernher steckte die Hand hinein und hielt sie ihm dann entgegen, um ihm den Inhalt zu zeigen.
»Seit dem letzten Mal haben Sie sich stark verbessert, Monsieur Lemoine. Jetzt stellen Sie schon fertig geschliffene Diamanten her.«
Henri Lemoine unterdrückte einen Fluch. Zwischen der Schlacke lag, abgesehen von zehn kleinen, hellen Steinen, auch ein großer, perfekt geschliffener, der funkelte und glitzerte.
»Dies ist Franck Gregor, der in London unter dem Namen *Magicus* bekannt ist. Ich habe ihn darum gebeten, genauso wie Sie auch einen Stein hineinzuschmuggeln.«

Der Zauberkünstler nickte.
»Sie selbst haben beim Öffnen des Ofens zugeschlagen. Sie sind ein begabter Amateur, aber nun einmal kein Profi. Es war ziemlich auffällig.«
Henri Lemoine verlor auf einmal seine Selbstsicherheit. Er nahm den Seidenschal ab, um Luft zu holen.
»Was haben Sie jetzt vor?«
Julius Wernher warf ihm tödliche Blicke zu, begnügte sich aber zu antworten: »Das überlege ich mir noch.« Daraufhin zog er sich in Begleitung des Zauberkünstlers zurück.
Damit hatte Henri Lemoine unerhörtes Glück, ihm winkte völlige Straffreiheit. Mehrere Tage verstrichen, ohne dass er etwas von Julius Wernher und der De Beers hörte. Offenbar verzichtete der Direktor der Bergbaugesellschaft darauf, Anzeige zu erstatten, um einen Skandal zu vermeiden. Lemoine hatte 90000 Pfund kassiert, was heutzutage etwa 750000 Euro entspricht. Eine recht anständige Bezahlung für einen Taschenspielertrick, der nach Ansicht eines Profis nicht einmal gut ausgeführt wurde.
Henri Lemoine war jedoch keiner von denen, die wissen, wann sie aufhören sollten. Er suchte weiter nach Abnehmern für seine Diamanten und wies als Argument den Vertrag vor, den er mit De Beers unterschrieben hatte. Schließlich sprach sich in Finanzkreisen herum, dass ein französischer Ingenieur offenbar einen Weg gefunden hatte, künstlich Diamanten herzustellen. Plötzlich fiel der Aktienkurs der Firma ins Bodenlose, sodass sich Sir Julius Wernher doch noch gezwungen sah, Anzeige zu erstatten.
Am 17. März 1906 wurde Henri Lemoine vor Gericht gestellt. Das bot ihm Gelegenheit zu einer großen

Szene. Er verteidigte sich nämlich besonders frech damit, dass er Julius Wernher beschuldigte, alles selbst ausgeheckt zu haben.

»Er wollte, dass die Aktienkurse aller Diamantenminen abstürzen, um sie billig kaufen zu können. Ich war nur sein Komplize. Natürlich wäre der Schwindel früher oder später aufgeflogen, doch die Leute hätten lange genug daran geglaubt, damit der Plan funktioniert.«

Das hörte sich im Grunde durchaus plausibel an, sodass der arme Industrielle die größte Mühe hatte zu beweisen, dass er einfach nur naiv gewesen war. Der brillante, leider etwas zu habgierige Betrüger Henri Lemoine wurde hingegen zu sechs Jahren Gefängnis verurteilt.

Noch ein letztes Detail! Sein Wunderrezept zur Herstellung von Diamanten, das in dem versiegelten Umschlag steckte und nur im Falle seines Todes von Sir Julius Wernher geöffnet werden durfte, wurde per Gerichtsentscheid beim Notar beschlagnahmt und beim Prozess vorgelesen.

Zumindest in einer Hinsicht hatte Henri Lemoine nicht gelogen: Es war ganz simpel und lautete: 1) Sich einen elektrischen Ofen beschaffen. 2) Man nehme Ruß und Puderzucker. 3) Das Gemisch auf 120 Grad erhitzen, um es in Diamanten zu verwandeln. 4) Sobald die Temperatur erreicht ist, die noch heißen Diamanten herausnehmen.

Ein Versprechen aus Afrika

Frankreich, 1993. Im Südwesten Frankreichs erhielten einige Gesellschaften seit geraumer Zeit Post aus dem Niger, aus Zaïre oder einem anderen afrikanischen Staat, die sehr offiziell aussah. Diese Post, die auf Englisch abgefasst war, enthielt eine ganze Reihe von Telefon- und Faxnummern. Sie informierte die Personen, an die sie jeweils persönlich adressiert war, dass ein einflussreicher Geschäftsmann, der im Absenderland enge Verbindungen zur Regierung hatte, in Frankreich ein Bankkonto suchte, um ganz diskret vorübergehend zweiunddreißig Millionen amerikanische Dollar zu parken.

Wer zwischen den Zeilen lesen konnte, erkannte auch ohne ausdrücklichen Hinweis, dass es sich hier um so genannte Petrodollar handelte. Der Empfänger wurde aufgefordert, sofern er an diesem eindeutig korrekten Angebot interessiert war, so bald wie möglich zu antworten. Der diskrete Kontoinhaber, der bereit wäre, für kurze Zeit die zweiunddreißig Millionen Dollar auf sein Konto überweisen zu lassen, würde großzügig belohnt werden, nämlich mit dreißig Prozent des Ausgangskapitals, also mit siebenundfünfzig Millionen Franc (fast zehn Millionen Euro). Das Ganze müsse allerdings so diskret abgewickelt werden, dass niemand, und vor allem nicht die Finanzbehörden, davon Kenntnis erhielten.

Viele Empfänger zerrissen den Brief und warfen ihn einfach weg, andere wiederum gaben ihn umgehend an die Polizei weiter. Und die dritte Gruppe, naiv und gierig, sandte den Brief – einfach aus Neugier – an eine Postfachadresse. Einige Tage später erhielten diese Leute einen Anruf und man legte ihnen die Bedingungen des Geschäfts dar: ganz einfach und logisch. Um ihre Redlichkeit nachzuweisen, sollten sie zuerst einen Teil der Kosten für die Transaktion decken, wobei es genügte, eine bestimmte Summe auf ein Geheimkonto im Niger, in Zaïre oder einem anderen Land zu überweisen. Keine große Summe, eher eine symbolische Geste, denn, wie es hieß, »aus kleinen Bächen entstehen große Ströme«. Nachdem eine solche Vereinbarung getroffen war, hörte der großzügige Kontoinhaber nie mehr etwas von der überwiesenen Summe. Und genauso wenig sah er jemals die zweiunddreißig Millionen Petrodollar, die auf seinem Konto hätten geparkt werden sollen.

Der Betrug, der von Zaïre oder irgendeinem anderen afrikanischen Land gelenkt worden war, bewies, dass das System auf der ganzen Welt funktionierte. Interpol gelang es, sechs nigerianische Betrüger zu identifizieren und festzunehmen, die allein in Frankreich sechs Millionen Franc (mehr als eine Million Euro) abgesahnt hatten. In den entsprechenden Dienststellen weiß man heute, dass dieser »Schwindel afrikanischer Machart« seit 1984 existierte und dass er nicht auf Frankreich oder Afrika allein beschränkt war: Überall auf der Welt sandten kleine Gauner mit einem Postfach sorgfältig ausgewählten Briefpartnern ihre bizarren und trotzdem verlockenden Angebote.

Obwohl die meisten dieser tückischen Rundbriefe in

den Müll geworfen wurden und nur einige Dummköpfe in aller Welt darauf antworteten und sogar Geld schickten, ist es doch interessant zu wissen, dass allein in den letzten Monaten des Jahres 1993 verschiedene Interpol-Dienststellen viertausend Briefe mit dem gleichen Schwindel-Angebot registriert hatten.

Die dreiundzwanzig Särge

Falschmünzer – in diesem Buch ist von den berühmtesten die Rede – erregen unwillkürlich Sympathie. Das ist vielleicht nicht richtig, aber es ist eine Tatsache. Statt ihre ungesetzliche Tätigkeit zu missbilligen, bewundern wir ihr Talent. Man steht auf ihrer Seite, nicht auf der des Staates oder der Staatsbank, obwohl diese im Grunde nur alle ehrlichen Leute schützen wollen.
Allerdings gibt es da eine Ausnahme. Für den Fälscher in der folgenden Erzählung empfinden wir nur Abscheu und Ekel. Und zwar gleich von Anfang an, da alles mit der Entdeckung von dreiundzwanzig Särgen begann.
Dieser Falschmünzer hieß nämlich Adolf Hitler.

15. Mai 1945. Genau eine Woche zuvor hatte das Dritte Reich in Berlin kapituliert. Unter den in Deutschland stationierten alliierten Besatzungstruppen war der Siegesjubel noch nicht verklungen. Trotzdem war die Freude wegen der Not der Zivilbevölkerung, der Vertriebenen und der KZ-Häftlinge nicht ungetrübt. Die Waffen schwiegen zwar, doch der Tod war noch allgegenwärtig. Überall machte man makabre Entdeckungen.
Major McNally war ein Agent des amerikanischen Geheimdienstes und zugleich der größte Falschgeld-Spezialist seines Landes. Er hatte sich im Krieg ausge-

zeichnet und war nun in Frankfurt stationiert. Am frühen Morgen traf ein Leutnant am Steuer eines Jeeps bei ihm ein. Er war allein.
»Major, ich habe den Befehl, Sie abzuholen.«
Major McNally diskutierte nicht lange, sondern nahm im Fahrzeug Platz, das eine lange Fahrt durch die Straßen der Stadt antrat. Überall erinnerten zerstörte Gebäude an die tragischen Ereignisse, die sich hier vor kurzem abgespielt hatten. Plötzlich hielt der Jeep vor einer Vorstadtvilla, die von einer kleinen Armee bewacht wurde. Amerikanische und englische Soldaten hielten mit dem Finger am Abzug Wache. Was ging hier vor? Bestimmt wurde hier ein hoher Nazibonze verhaftet. Bloß, was ging ihn das an?
Neugierig stieg der Major aus. Dann erlebte er eine zweite Überraschung. Eine bekannte Gestalt kam ihm entgegen, Hauptmann Reeves vom Intelligence Service. Reeves war sein englischer Kollege und ebenfalls Spezialist im Kampf gegen Falschgeld. Vor dem Krieg hatte er in dieser Sparte auch einen hohen Posten bei Interpol bekleidet.
»Der gute alte Reeves! Was verschafft mir das Vergnügen?«
»Wir haben etwas Seltsames entdeckt, Major: Särge.«
»Ich verstehe nicht.«
»Das sind keine gewöhnlichen Särge. Sehen Sie selbst.«
Einen Moment später betraten sie das Haus. Auf dem Dielenboden des Wohnzimmers standen in Reih und Glied nebeneinander zweiundzwanzig Särge. Doch wie Hauptmann Reeves bereits angedeutet hatte, war an ihnen etwas ungewöhnlich. Die Deckel waren abgenommen, sodass man ihren Inhalt sehen konnte: Geld-

scheinbündel, zu Hunderten, zu Tausenden. Genauer gesagt handelte es sich um englische Pfundnoten.
Major McNally stürzte sich auf einen der Särge.
»Verdammt! Das ist es also?«
»Ja, das ist Hitlers Falschgeld. Etwa einundzwanzig Millionen. Wir haben es eben gezählt. Einundzwanzig Millionen Pfund, ein Vermögen!«
Der Major hatte seine Reflexe als Geheimdienstmann nicht verloren. Er nahm die Scheine in die Hand, befühlte sie, hielt sie gegen das Licht, suchte nach einem Fehler.
»Außerordentlich! Wirklich verblüffend!«
»Moment, Sie haben längst nicht alles gesehen.«
»Gibt es denn noch mehr?«
»Ja, und das betrifft unmittelbar Sie: Es gibt einen dreiundzwanzigsten Sarg. Lassen Sie uns nach nebenan gehen.«
In diesem Zimmer stand tatsächlich noch ein weiterer offener Sarg. Nur hatten die Scheine darin eine andere Farbe. Sie waren grün, einheitlich grün. Major McNally stieß einen Schrei aus: »Falsche Dollars! Die wurden also auch gefälscht! Wieso wussten wir nichts davon?«
»Meiner Meinung nach hatten sie eben erst mit der Produktion begonnen und noch keine Zeit, sie in Umlauf zu bringen.«
Der Amerikaner beugte sich über die kleinen grünen Scheine. Im Laufe seiner Karriere hatte er eine Menge falscher Dollars gesehen, aber die hier waren praktisch perfekt, mit Ausnahme vielleicht des Papiers. Er murmelte: »Erschreckend! Wie haben die das nur geschafft?«
Hauptmann Reeves klopfte ihm freundschaftlich auf die Schulter.

»Das sollen wir herausfinden. Wir beide übernehmen den Fall. Die Särge standen in einem Lastwagen, den unsere Soldaten in Redl-Zipf, einem Dorf im oberösterreichischen Voralpengebiet, entdeckt haben. Wenn Sie einverstanden sind, unternehmen wir einen Ausflug dorthin.«

Hitlers Falschgeld. Abgesehen von ein paar englischen und amerikanischen Verantwortlichen und Spezialisten wusste damals kaum jemand etwas von dieser außerordentlichen Episode des Krieges. Im Jeep, der ihn nach Redl-Zipf fuhr, hatte Hauptmann Reeves Muße, sich an seinen persönlichen Krieg zurückzuerinnern, einen höchst seltsamen Krieg, der jedoch genauso wichtig war wie eine Schlacht zwischen mehreren Divisionen.

Anfang 1943 diente er in der Gegenspionage, als ihn sein Vorgesetzter zu sich rufen ließ.

»Hauptmann, Sie nehmen Ihre alte Tätigkeit wieder auf, nämlich den Kampf gegen Falschmünzer.«

»Was ist los?«

»Man hat eine alarmierende Menge an falschen Geldscheinen entdeckt. Die treffen in Paketen zu 100 000 Pfund aus der Schweiz, aus Schweden, Portugal und anderen neutralen Ländern ein. In Kriegszeiten ist so ein Geschäft noch unerträglicher als in Friedenszeiten. Sie haben freie Hand, um herauszufinden, wer die Fälscher sind und wo sie arbeiten.«

Wer waren diese Fälscher? Das fragte sich Hauptmann Reeves einige Monate lang mit zunehmender Sorge. Erstens kam er keinen Schritt weiter und zweitens wurde die Lage von Tag zu Tag kritischer. Die Qualität der Scheine verbesserte sich ständig und es trafen immer mehr ein. Im Schutze des Krieges Falschgeld herzustellen war eine teuflisch geschickte Idee. Interpol existierte nicht mehr, und die Polizeibehörden waren fast aller Hilfsmittel beraubt. Doch plötzlich kam die Wahrheit ans Licht.

In Edinburgh wurde ein deutscher Spion aufgegriffen, den ein Wasserflugzeug abgesetzt hatte. Er hatte einen Koffer mit Falschgeld bei sich. Da begriff man, dass der Fälscher niemand anders als das Deutsche Reich selbst war.

Ein Staat! Hatte sich je ein Verantwortlicher für den Kampf gegen Falschgeld in einer ähnlichen Situation befunden? Hauptmann Reeves hatte es weder mit einem Einzeltäter noch mit einer Bande zu tun, sondern mit einem ganzen Land, dem alle materiellen und technischen Mittel zur Verfügung standen. Das war vor allem katastrophal, weil die englische Währung unter den damaligen Wirtschaftsbedingungen die stärkste der Welt war. Sie spielte die Rolle einer Leitwährung, ähnlich wie Gold. So etwas konnte ganze Länder in den Bankrott treiben, mit unvorhersehbaren Folgen für den Krieg.

Eine Katastrophe konnte nur knapp vermieden werden. Doch war das, wie Reeves zugeben musste, nicht der Tätigkeit seiner Behörde zu verdanken, sondern einfach nur der Tatsache, dass sich das Deutsche Reich nach dem Sieg der Alliierten auflöste und zusammenbrach.

In Redl-Zipf begannen Reeves und McNally unverzüglich mit den Nachforschungen. Die Bewohner sprachen nicht aus freien Stücken. Offenbar wussten sie einiges, hatten aber Angst, man könne sie der Mittäterschaft bezichtigen.

»Wir haben hinter der Brauerei Soldaten gesehen. Das ist alles, was wir sagen können.«

»Führen Sie uns dorthin.«

Kurz darauf standen der Engländer und der Amerikaner am Fuße eines Hügels vor einem Eingangsportal zu einem Keller, wie sie früher häufig von Brauereien zu Kühl- und Lagerräumen benutzt wurden. Als sie ihn betraten, glaubten sie zu träumen. In dem Berg existierte ein ganzes Netz von Stollen und Hallen. Sie fanden eine richtige unterirdische Fabrik mit mehreren Dutzend Geldpressen! Außerdem entdeckten sie riesige Schlafsäle, die darauf schließen ließen, wie viele Leute dort gearbeitet hatten. Doch das war auch schon alles. Kein einziges Dokument, keine schriftlichen Unterlagen.

Sie kehrten nach Redl-Zipf zurück und nahmen die Dorfbewohner wieder ins Verhör, nur diesmal etwas unsanfter. Wo waren die Leute, die in der unterirdischen Fabrik gearbeitet hatten? Waren es Deutsche gewesen? Oder Gefangene? Waren sie geflohen? Hatte man sie hingerichtet?

Schließlich redeten die Bewohner von Redl-Zipf: »Es waren Gefangene. Die Soldaten haben sie fortgeschafft, bevor Sie kamen.«

»Wie viele waren es?«

»Ziemlich viele, mehr als hundert.«

»Wohin hat man sie gebracht?«

»Die Straße nach Ebensee hinunter. Sicher wurden sie ins Lager geführt.«

Reeves und McNally eilten zu dem berüchtigten Vernichtungslager Ebensee. Der Kommandant, ein ehemaliger SS-Offizier, wurde aus dem Gefängnis geholt. Er war jetzt gefügig und geradezu unterwürfig.

»Ja, mir wurden hundertvierzig Gefangene aus Redl-Zipf überstellt. Ich hatte den Befehl, sie in die Gaskammer zu schicken, aber das hab ich nicht getan, das schwöre ich!«
»Woher kam der Befehl?«
»Von Himmler persönlich.«
Reeves und McNally wechselten einen Blick. Wenn der Gestapo-Chef den Befehl erteilt hatte, dann war die Operation, wie schon vermutet, auf höchster Ebene, das heißt vom Führer persönlich, geplant worden.
»Was ist aus den Männern geworden?«
»Beim Eintreffen der Alliierten hat man sie zusammen mit den anderen freigelassen. Ich glaube nicht, dass Sie die leicht wiederfinden werden.«
»Warum nicht?«
»Ich habe ihre Akten gesehen. Es waren alles Verbrecher. Die haben sich bestimmt schnell verdrückt.«
Der ehemalige SS-Offizier sollte Recht behalten. Alle Häftlinge aus dem KZ Ebensee, die in der Zwischenzeit nicht gestorben waren, wurden aufgespürt, mit Ausnahme der hundertvierzig Männer aus Redl-Zipf. Die hatten es vorgezogen unterzutauchen. Damit begann für Reeves und McNally eine echte Detektivarbeit, doch zu guter Letzt wurde ihre Hartnäckigkeit belohnt. Wie verschiedene Zeugen berichtet hatten, war die ganze Operation von einem tschechischen Gefangenen, Oskar Skala, geleitet worden. Diesen spürten sie schließlich in der Tschechoslowakei auf, genauer gesagt in Pilsen, wo er einen Biergroßhandel gegründet hatte.
Der Mann wirkte entsetzt, als sie auf einmal vor ihm standen, doch der Engländer und der Amerikaner beruhigten ihn gleich.

»Egal, was Sie getan haben, für uns sind Sie kein Schuldiger, sondern ein Opfer. Wir verlangen von Ihnen nur, dass Sie uns nichts verbergen.«
Der Tscheche entspannte sich etwas.
»Stimmt, man hat mir keine andere Wahl gelassen. Bei Kriegsbeginn saß ich wegen Falschmünzerei im Gefängnis. Von dort wurde ich in ein Konzentrationslager verlegt. Bernhard Krüger kam zu mir und sagte, wenn ich ihm nicht helfe, käme ich in die Gaskammer. Da hab ich Ja gesagt.«
»Wer ist Bernhard Krüger?«
»Der Verantwortliche. Übrigens trug die ganze Operation seinen Namen. Das Codewort lautete ›Operation Bernhard‹. Später wurde ich sein Stellvertreter und wusste über alles Bescheid.«
Während Major McNally und Hauptmann Reeves ungläubig zuhörten, erzählte Oskar Skala von der Operation Bernhard.
Schon bei Kriegsausbruch hatte Himmler auf Hitlers Anweisung hin einen Plan ausgearbeitet, um England mit Falschgeld zu ruinieren. Trotzdem lief die Aktion erst 1942 unter der Leitung von Bernhard Krüger, einem Vertrauten des Gestapo-Chefs, wirklich an.
Gleich zu Anfang stieß Krüger auf ein unerwartetes Hindernis. Die Beamten der Reichsbank, an die er sich ganz selbstverständlich wandte, weigerten sich, Falschgeld zu drucken. Selbst in Kriegszeiten verstieß es gegen ihre Berufsehre, den Feind auf diese Weise zu bekämpfen. Sie stellten echte Geldscheine her, keine falschen. Himmlers Stellvertreter mochte drohen und zetern, wie er wollte, sie gaben nicht nach. Zu so einer Reaktion gehörte 1942 im Dritten Reich immerhin eine gehörige Portion Mut. Am erstaunlichsten aber

war, dass Bernhard Krüger einlenkte! Er hakte nicht weiter nach, sondern dachte sich etwas anderes aus. Ihm kam die Idee, unter den gewöhnlichen Kriminellen Fälscher anzuwerben und sie in einem Lager zu internieren. Nachdem er so ein Team zusammengestellt hatte, brachte er es in einer Baracke des Konzentrationslagers Sachsenhausen bei Berlin unter. In deutschen Druckereien wurden die nötigen Maschinen und das Papier requiriert.
Bald druckte man massenhaft Geldscheine, die in drei Kategorien unterteilt wurden: 1) Die fast perfekten waren für Deutschlands Ankäufe in neutralen Ländern bestimmt oder sollten nach England geschickt werden; 2) mit den Banknoten guter Qualität bezahlte man Informanten in den besetzten Gebieten; 3) die weniger guten sollten nach einem extravaganten, von Himmler entwickelten Plan aus Flugzeugen über England abgeworfen werden. Die Leute sollten sich darauf stürzen und sie benutzen, bis im ganzen Land ein Klima der Anarchie entstünde. Da aber die Luftwaffe die Kontrolle über den Himmel verlor, musste dieser Plan aufgegeben werden. Oskar Skala erläuterte: »Die Scheine der ersten Kategorie haben viele Opfer gefordert, insbesondere unter den Bankiers der neutralen Länder. Sie waren so gut imitiert, dass manche auf einem komplizierten Umweg sogar nach Deutschland zurückgekehrt sind, ohne dass die deutschen Behörden es gemerkt haben. Insgesamt haben wir siebenhundert Milliarden Pfund Sterling gedruckt. Davon wurden hundertzwanzig Milliarden der Kategorie 1 in Umlauf gebracht.«
Insgeheim stimmte Hauptmann Reeves dem bei. Diese Pfundnoten waren so perfekt, dass man nur diejeni-

gen entdecken konnte, die bereits eine existierende Nummer trugen. Bis zum Schluss fanden die britischen Banken keine andere Lösung, als von zwei doppelten Scheinen jeweils einen zu verbrennen, ohne jedoch zu wissen, ob es sich nun um das Original oder die Kopie handelte. Aber nicht alle wurden aufgespürt.

Nun mischte sich Major McNally ein.

»Was ist mit den falschen Dollars?«

»Das war eine Idee von Krüger. Doch haben wir damit erst sehr viel später angefangen, erst Anfang 1944, und wir sind auf viel größere Schwierigkeiten gestoßen als bei den Pfundnoten, vor allem in Bezug auf das Papier.«

Die ersten Versuche ergaben tatsächlich nur ziemlich grobe Kopien. Da entdeckte der deutsche Geheimdienst in einem Gefängnis Solly Smolianoff, einen gebürtigen Russen und einzigartigen Fälscher. Auch er war bereit zu kollaborieren, um sein Leben zu retten.

Ende 1944 gelang es Smolianoff, recht annehmbare Geldscheine zu entwickeln. Da jedoch das Lager Sachsenhausen immer häufiger von Bombenangriffen bedroht wurde, verlegte Bernhard Krüger die Produktion in die österreichischen Voralpen nach Redl-Zipf. Auch hier durchkreuzte der Vormarsch der amerikanischen Truppen, der viel schneller erfolgte als erwartet, ihr Vorhaben. Alles musste gestoppt werden. Bernhard Krüger erhielt von Himmler den Befehl, die Archive zu vernichten, die Druckplatten mit den Geldscheinen im Toplitzsee bei Bad Aussee im Salzkammergut – dort befand sich eine Versuchsanstalt der Deutschen Marine – zu versenken und alle hundertvierzig Personen, die am Falschgeld mitgearbeitet hatten, ins Vernichtungslager zu schicken. Krüger gehorchte und floh mit

einem dicken Paket echter Scheine, die als Muster gedient hatten, in die Schweiz. Er schaffte dies dank perfekt imitierter Pässe, da seine Werkstatt auch falsche Papiere hergestellt hatte.
Damit hatte Oskar Skala alles gesagt. So sah also die furchtbare Operation Bernhard aus, die Großbritannien fast ruiniert hätte. Der Hauptmann und der Major stellten nur noch ein paar Fragen zu den letzten Ereignissen, durch die alles entdeckt wurde.
»Wie kommt es, dass trotzdem Geldscheine entdeckt wurden?«
»Ich nehme an, dass die Soldaten, die sie im See versenken sollten, ein paar von den schönsten behalten wollten.«
»Und warum haben sie die in Särgen versteckt?«
»Weil sie wahrscheinlich nichts anderes zur Hand hatten. Särge standen damals überall herum. Ständig wurden Leute hingerichtet.«
Muss man noch erzählen, dass die Alliierten Bernhard Krüger nie erwischt haben? Mit falschen Papieren und einem kleinen Vermögen ausgestattet konnte er wohl seine Tage friedlich in Südamerika oder anderswo beschließen.

Dennoch gibt es zu dieser Geschichte einen Epilog. Nach dem Krieg trat Major Reeves wieder seinen Posten bei Interpol an und Anfang der Fünfzigerjahre musste er sich um eine Affäre mit falschen Dollars kümmern.
Da verschiedene Polizeibehörden Solly Smolianoff, der nun in Porto Alegre in Brasilien wohnte, in Verdacht hatten, an der Spitze einer Falschmünzerbande zu stehen, stellte Reeves Nachforschungen über ihn an.

Smolianoff war jetzt fünfzig. Er hatte erst kurz zuvor eine Italienerin geheiratet, die ihm ein Kind geschenkt hatte. Tatsächlich war er verdächtig wohlhabend, doch stammte das Geld womöglich auch aus seiner Spielzeugfabrik, die er mit dem Kapital seiner Frau gegründet hatte und die ausgezeichnet lief.
Eine eingehende Untersuchung ergab nichts Verdächtiges. Solly Smolianoff hatte jede ungesetzliche Tätigkeit aufgegeben und kümmerte sich nur noch um seine Fabrik. Das freute Major Reeves. Für seine kriminelle Vergangenheit hatte der Ärmste schon genug in Deutschland gebüßt. So endet diese Geschichte, die mit Särgen begonnen hat, mit Spielzeug. Sicher der schönste Schluss, den man sich denken kann.

Im Namen des Vaters, des Sohnes und des Heiligen Geistes …

Frankreich, 1994. Ohne große Begeisterung holte Jean-Michel Chartier die Post aus dem Briefkasten: Rechnungen, Mahnungen, letzte Zahlungsaufforderungen. Er war Handelsvertreter, fünfundzwanzig Jahre alt und nicht gerade vom Glück begünstigt. Sein Schuldenberg nahm zu und er wusste nicht, wie er ihn abtragen sollte. Wie selbstverständlich warf er einen Blick auf den Briefkasten seines Nachbarn Xavier Vermandez, in dem sich die Post staute, ja sogar schon oben herausquoll. Das war nicht verwunderlich, denn im Viertel wusste jeder, dass Monsieur Vermandez, ein zurückhaltender Mann um die fünfzig, zurzeit im Gefängnis saß.

Der letzte Umschlag, der aus dem Briefkasten herausragte, schien von der Bank zu stammen. Die Neugier ist eine tückische Untugend. Aus einem unwiderstehlichen Drang heraus griff Jean-Michel nach diesem Umschlag, der nicht an ihn adressiert war.

Als Jean-Michel in seine Wohnung zurückgekehrt war, öffnete er den Umschlag behutsam, indem er ihn über einen Topf kochenden Wassers hielt. Fast war er enttäuscht. Es war lediglich ein Kontoauszug. Doch die Summe auf der Habenseite brachte ihn zum Träumen: dreihunderttausend Franc (etwa einundfünfzigtausend Euro). Dieses Geld ruhte auf dem Konto eines ganz »gewöhnlichen« Herrn, der sich zurzeit hinter

Gittern befand. Das Geld lag nutzlos herum, würde im Laufe vieler Jahre verschimmeln. Auf dem Konto von Jean-Michel wäre es viel besser aufgehoben gewesen, denn dieser redliche junge Mann hatte ernste Geldprobleme.

Als Chartier im Bett lag, fing er an zu grübeln. Er erinnerte sich an den Sohn von Monsieur Vermandez, einen braunhaarigen jungen Mann, der, genau wie er selbst, mittelgroß war, die gleiche Brille wie er trug und zufällig auch noch den gleichen Vornamen besaß. Da musste sich doch etwas machen lassen.

Am nächsten Morgen arbeitete er an seinem Personalausweis, wandelte seinen Namen in den von Olivier Vermandez um und fertigte eine Fotokopie davon an. Anschließend begab er sich zu einer Bank, um ein Konto zu eröffnen. Es war eine ziemlich große Enttäuschung, als man ihn nach vierundzwanzig Stunden anrief und ihm erklärte, eine Fotokopie sei kein gültiges Dokument. Die Bank wollte das Original sehen, was natürlich ein kleines Problem aufwarf.

Als Chartier im Bett lag, dachte er darüber nach und fand eine Lösung. Am nächsten Morgen blätterte er im Telefonbuch, hob den Hörer ab und rief Jean-Michel Vermandez an: »Monsieur Vermandez? Hier spricht Ihre Bank. Entschuldigen Sie, wir hatten ein Computerproblem und uns fehlen ein paar persönliche Angaben von Ihnen. Könnten Sie uns bitte weiterhelfen?«

Der andere, noch im Halbschlaf, fragte arglos: »Was möchten Sie wissen?«

»Es fehlen uns lediglich die Angaben zu Ihrem Geburtsdatum und dem Geburtsort.«

»13. Juli 1969 in Gap.«

»Vielen Dank, und entschuldigen Sie nochmals.«

Nächste Aktion: Chartier verfasste einen freundlichen Brief an das Standesamt in Gap. Er schrieb unter dem Namen Jean-Michel Vermandez und bat um eine Kopie seiner Geburtsurkunde, die er sich an die Adresse von Vermandez senior schicken ließ.
Chartier, der die Post abpasste, bemächtigte sich mühelos des Umschlags vom Bürgermeisteramt von Gap, da dieses Schreiben wiederum aus dem Briefkasten von Vermandez senior herausragte. Im Innern befand sich der kostbare Auszug aus dem Geburtenregister. Mit diesem Dokument brauchte er nur noch beim Bürgermeisteramt in Toulon einen schönen Pass auf den Namen Jean-Michel Vermandez ausstellen zu lassen, den er mit seinem eigenen Foto versah. All das benötigte ein paar Tage, doch gelang es Chartier schließlich, dank dieses Passes ein Bankkonto im Namen von Jean-Michel Vermandez zu eröffnen. Dazu bekam er sogar noch ein Scheckheft. Im Augenblick lagen die dreihunderttausend Franc jedoch noch immer auf dem Konto des rechtmäßigen Besitzers, Vermandez senior, der von allem keine Ahnung hatte. Da Chartier den Bankauszug von Xavier Vermandez entwendet hatte und die entsprechenden Angaben kannte, rief er die Bank an und gab sich als der Vater von Jean-Michel Vermandez zu erkennen, wobei er um ein Kontoeröffnungsformular bat. Dieses Formular, an Vermandez senior adressiert, wurde sogleich zugesandt und wiederum von Chartier aus dem Briefkasten herausgeholt. Der Handelsvertreter kannte nun alle nötigen Angaben des Kontos von Vermandez senior, besaß eine Fotokopie seiner Unterschrift, ein neu eröffnetes Bankkonto sowie ein Scheckheft und einen Pass auf den Namen des Sohnes. Nun brauchte er nur noch den Heiligen Geist um Hilfe anzuflehen.

Der einfallsreiche Jean-Michel, der sich jetzt als Vermandez senior ausgab, sandte an die Bank von Xavier Vermandez einen Überweisungsauftrag auf das Konto des Sohnes, genauer gesagt: auf das neu eröffnete Konto des Sohnes. Nachdem die Überweisung auf dem Konto eingegangen war, gab Chartier die dreihunderttausend Franc von Vermandez mit vollen Händen aus. In seinem Inneren wünschte er inbrünstig, dass dieser noch möglichst lange im Gefängnis bleiben möge.
Doch es kam anders. Nachdem Vermandez senior seine Strafe abgebüßt hatte, wurde er freigelassen. Er kehrte in seine Wohnung zurück und las seine Post durch. Zu seinem großen Leidwesen stellte er fest, dass er, ohne davon zu wissen, den größten Teil seiner Ersparnisse auf das Konto seines Sohnes überwiesen hatte. Der Sohn fiel aus allen Wolken, da er nicht einmal die Bank kannte, auf die der Vater das Geld überwiesen haben sollte. Also wandte er sich an die Empfängerbank. Diese Bank wiederum erstattete Anzeige. Als die Bankangestellten die Unterlagen durchsahen, fanden sie die Fotokopie des Personalausweises, der von Chartier alias Vermandez gefälscht worden war. Auf dieser Fotokopie stand allerdings die richtige Adresse von Chartier, was die Nachforschungen sehr erleichterte.
Chartier wurde wegen Fälschung eines offiziellen Dokuments einem Verhör unterzogen und für vier Tage ins Gefängnis gesteckt. Als er wieder frei war, musste er eine Kaution von hunderttausend Franc (etwa siebzehntausend Euro) bezahlen, die er von den dreihunderttausend Franc, die er Vermandez entwendet hatte, abzweigte.

Das Schneeball-Prinzip

Zu Beginn dieser Geschichte, Mitte 1981, wohnte Camille Moreau, fünfunddreißig Jahre alt, in einer großen Stadt in Zentralfrankreich. Er war Vertreter für ein Unternehmen, das Fertighäuser verkaufte, und verhandelte direkt mit den Kunden. Da er einen guten, sympathischen Eindruck machte, schloss er viele Verträge ab. Außerdem war er gewissenhaft und verstand es, den Kunden je nach ihren Einkünften zu einem klugen Finanzierungsplan zu raten. Er selbst kannte sich gut mit Geldanlagen aus. Ganz selbstverständlich investierte er darum seine Ersparnisse in Börsengeschäfte, allerdings in bescheidenem Rahmen.

Da verließ ihn seine Frau. Ein Freund riet ihm, sich für einen guten Zweck einzusetzen, um nicht in eine Depression zu fallen. Beim katholischen Hilfswerk lernte er René Degros kennen, den alle nur »Monsieur René« nannten. Eine, gelinde gesagt, seltsame Persönlichkeit, vierundsiebzig Jahre alt, aber immer noch rüstig. Obwohl er sich unablässig für die karitative Organisation einsetzte, lebte er auf großem Fuße und wusste gutes Essen und guten Wein zu schätzen. Wie man munkelte, steckte hinter seinem materiellen Wohlstand ein Geheimnis. Angeblich war er ein Börsengenie und besaß eine außerordentliche Nase für fantastische Anlagemöglichkeiten.

Da sich auch Camille Moreau für die Börse interessierte, unterhielten sie sich mehrmals darüber. Als sie sich gut genug kannten, riss Camille seinen Mut zusammen und fragte Monsieur René nach seinem Geheimnis.

Dieser lächelte beruhigend.

»Da gibt es kein Geheimnis. Das ist ganz einfach.«

Wenn man ihn so sah, hatte man wirklich nicht den Eindruck, es mit einem Abenteurer zu tun zu haben. René Degros wirkte älter, als er war. Mit den spärlichen weißen Haarsträhnen auf dem kahlen Schädel und der großen Brille wirkte er eher wie ein gemütlicher Großvater, vielleicht sogar wie ein Urgroßvater. Er erläuterte: »Ich lege auf dem asiatischen Markt an und investiere in sehr spekulative Produkte in Steuerparadiesen. Man muss sich nur auskennen, um Risiken zu vermeiden.«

»Und welche Rendite erzielen Sie?«

»Zehn Prozent im Monat.«

»Wie bitte?«

»120 Prozent im Jahr, wenn Ihnen das lieber ist. Vertrauen Sie mir eine Summe an, dann werden Sie ja sehen.«

Skeptisch händigte Camille Moreau dem erstaunlichen Monsieur René 10 000 Franc (etwa 1500 Euro) aus. Einen Monat später zahlte ihm letzterer ohne mit der Wimper zu zucken 1000 Franc aus. Auch in der Folge entrichtete er jeden Monat weitere 1000 Franc. Irgendwann begann Camille Moreau, ihm größere Summen anzuvertrauen, und erzählte in seiner Umgebung davon. Bald brachte er Monsieur René auch das Geld seiner Bekannten.

Damit hatte er einen Finger in ein Räderwerk gesteckt. Er wurde das Opfer einer unerbittlichen Maschinerie, die jeder Betrugsspezialist kennt und die das Schneeball-Prinzip genannt wird. Ein hübscher Name für ein übles Verfahren.

Zwei Jahre verstrichen. Camille Moreau hatte den Verkauf von Fertighäusern aufgegeben und übte offiziell den Beruf eines Anlageberaters aus. Tatsächlich war das jedoch nur ein Deckmantel. Er war nun Partner von René Degros und führte die Buchhaltung über die Kundenkonten.

Außerdem warb er neue Kunden an. Nachdem alle seine Freunde und Bekannte in den Genuss der Wunderanlage gekommen waren, suchte er überall nach weiteren Interessenten. Für neue Einlagen erhielt er nur eine bescheidene Provision. Da jedoch die Mund-zu-Mund-Propaganda hervorragend funktionierte, wanderten so große Summen durch seine Hände, dass sein Lebensstandard um einiges stieg.

Camille Moreau wusste, dass er eine illegale Tätigkeit ausübte, weil man dafür eine Lizenz als Bankier brauchte. Doch sagte er sich zur eigenen Beruhigung, dass er schließlich nichts Böses täte. Eigentlich erwies er allen nur einen Gefallen. Dennoch ging er äußerst vorsichtig vor. Es existierten nur Nummernkonten, möglichst wenig Papiere und alles Schriftliche wurde so bald wie möglich im Reißwolf vernichtet. Die Summen ließ er sich natürlich nur in bar geben. Danach händigte er sie René Degros aus, der ihm jeden Monat die Zinsen überwies.

Im Grunde hatte Camille Moreau nur eine Sorge: die Herkunft des Geldes. Monsieur René geizte weiterhin mit Auskünften. Er verriet nur, dass er mit einem ausländischen Investor in Verbindung stand und Informanten in Finanzzentren auf der ganzen Welt hatte. Ansonsten hatte er sich nicht verändert. Wegen seiner Hilfsbereitschaft trotz seines hohen Alters wurde er von allen bewundert. Mehr denn je setzte er sich für karitative Vereine ein. In der ganzen Stadt war er ein geachteter Mann.

Die Monate verstrichen und das Geld strömte weiter herein. Die Summen waren erst groß, dann riesig: sogar achtstellig. Da bekam es Camille Moreau plötzlich mit der Angst zu tun und beauftragte einen Privatdetektiv. Diesem erzählte er nicht, wie die inoffizielle Bank funktionierte, sondern gab sich nur für jemanden aus, der misstrauisch war und vor einem größeren Geschäft mehr über René Degros wissen wollte.

Bei den Untersuchungen des Detektivs kam einiges heraus. Der alte Herr war nicht die gute Seele, für die man ihn hielt. Er hatte Frau und Kinder verlassen, um Mitglied der Emmausjünger zu werden. Nachdem ihn Abbé Pierre jedoch beschuldigt hatte, Geld unterschlagen zu haben, war er aus diesem karitativen Verein wieder ausgetreten.

Seltsamerweise berichtete der Detektiv nichts über die Wunderanleihen mit den 120 Prozent Zinsen, entweder weil das Geheimnis so gut gehütet war oder weil er bei seiner Arbeit geschlampt hatte. Dennoch brachte er auch diesbezüglich einige Auskünfte. René Degros war kein Anfänger. Man hatte ihn bereits vierzehn Mal wegen illegaler Ausübung des Bankiersberufes angeklagt.

Diesmal musste Camille Moreau etwas unternehmen. Doch obwohl er hin und her überlegte und die Lage von allen Seiten betrachtete, war er ratlos. Er konnte sich nicht dazu durchringen, Anzeige zu erstatten, weil er sich damit selbst denunziert hätte. Den eigenen Ruin und das Gefängnis zu riskieren ging über seine Kräfte. Einfach fliehen und alles aufgeben? Auch das war unmöglich. Er konnte seine Kunden, die sich auf ihn verließen und ihm manchmal ihr ganzes Vermögen anvertraut hatten, nicht im Stich lassen. Ganz zu schweigen davon, dass das sogar gefährlich gewesen wäre. Manche waren nämlich nicht gerade Waisenknaben.

So blieb Camille Moreau. Er versuchte sich einzureden, dass Monsieur René nach vierzehn unlauteren Versuchen endlich eine legale Goldader gefunden hatte, dass an den Wunderinvestitionen nichts Anrüchiges war und dass es sich wirklich nur um Spekulationen auf dem asiatischen Markt und in Steuerparadiesen handelte.

1986 ereignete sich jedoch genau das Gegenteil von dem, was Camille Moreau befürchtet hatte. René Degros verließ ihn. Eines schönen Tages verkündete er: »Mein lieber Camille, ich werde jetzt achtzig und meine Gesundheit ist nicht mehr die beste. Ich denke daran, mich zurückzuziehen.«

Dieser Entschluss wunderte Camille Moreau nicht im Geringsten. Er hatte sich schon längst gefragt, wie Monsieur René in seinem Alter noch so aktiv sein konnte. Trotzdem war er entsetzt. Er wusste nämlich immer noch nicht das Geringste über die Investitionen, und jetzt sollte er Kunden gegenübertreten, die jeden Monat ihre zehn Prozent verlangten! Doch Monsieur René beruhigte ihn sofort: »Machen Sie sich keine Sorgen. Ich stelle Sie meinem Verbindungsmann im Ausland vor.«

So lernte Camille Moreau am 4. Dezember 1986 in einem Hotel in Evian Franz Ferney kennen, einen etwa dreißigjährigen Schweizer. Der Mann war höflich und kam gleich zur Sache.

»Ich schlage vor, dass wir uns jeden Samstag hier treffen. Sie bringen das Geld der vergangenen Woche in bar, ich schaffe es in die Schweiz und kehre am folgenden Montag mit den Zinsen zurück.«

Camille Moreau hoffte, von ihm endlich etwas mehr zu erfahren als von René Degros. Er fragte nach Einzelheiten zu den besagten Investitionen, doch war die Antwort haargenau dieselbe: »Ganz einfach, es handelt sich um Spekulationen auf dem asiatischen Markt und um Geschäfte in Steuerparadiesen.«

So lief alles weiter wie zuvor, nur in noch größerem Maßstab. Camille Moreau hatte jetzt mehrere Angestellte in verschiedenen Städten. Jede Woche brachte er Franz Ferney zwei bis fünf Millionen Franc (300 000 bis 750 000 Euro) in bar, die dieser über die Grenze schmuggelte, um am Montag mit den Zinsen zurückzukehren.

Die Katastrophe stand kurz bevor. Sie rückte sogar bedrohlich näher. Camille Moreau erriet sie, obwohl er nicht daran glauben wollte. Sechs Monate später erwartete ihn im Hotel von Evian niemand mehr. Franz Ferney war verschwunden.

Plötzlich saß Camille Moreau allein mit dem Geld seiner Kunden da. Was blieb ihm anderes übrig, als die geschuldeten Zinsen mit dem frisch eingezahlten Geld zurückzuzahlen? Es war der einzige Weg, den völligen Zusammenbruch zu vermeiden.

Endlich begann Camille Moreau zu verstehen. Die Wunderanlagen auf dem asiatischen Markt und in den Steuerparadiesen hatten nie existiert. René Degros

und Franz Ferney hatten nie etwas anderes getan als das, was er nun selbst tat, nämlich die Zinsen mit dem eingezahlten Geld der letzten Kunden zu bezahlen. Dies war jedoch nur möglich, wenn die Einlagen ständig erhöht wurden, sodass eine Katastrophe auf Dauer unvermeidlich war.
Genau das ist ein Schneeball-Betrug. Auf diese Weise kann man viel Geld einstreichen, solange man sich rechtzeitig zurückzieht. Wenn das System kurz vor dem Bankrott steht, muss man nur die ganze Verantwortung irgendeinem Trottel zuschieben, der dann für seine Vorgänger den Kopf hinhält.
Camille Moreau begriff, dass er dieser Trottel war. Weil er keine andere Wahl hatte und den Zusammenbruch möglichst lange hinauszögern wollte, stürzte er sich in einen Teufelskreis und begann eine verzweifelte Flucht nach vorn. Er brauchte Geld, immer mehr Geld, um jetzt bezahlen zu können, selbst wenn er dafür später viel größere Summen zurückerstatten musste. Er beschäftigte achtzehn Werber in ganz Frankreich, die sich als sehr tüchtig erwiesen. Unter ihnen befanden sich Bankangestellte, Beamte und sogar ein Polizeiinspektor.
Camille Moreau fürchtete nicht, dass seine Kunden Anzeige erstatten könnten. Dazu hatten sie sich selbst zu sehr kompromittiert. Das Geld, das sie einzahlten, stammte meist aus Einkünften, von denen das Finanzamt nichts wusste. Außerdem hatten die Mittelspersonen erklärt, dass die Anlagen ins Ausland gingen, um mit Zinsen zurückzukehren. Es handelte sich also um eine illegale Kapitalausfuhr oder zumindest um Anstiftung zu dieser Straftat, da das Geld in Wirklichkeit ja Frankreich nie verließ.

Nein, Camille Moreau fürchtete, sein Handel könne solche Ausmaße annehmen, dass er irgendwann einfach auffallen musste, was dann auch tatsächlich geschah. Am 17. November 1988 schlug die Finanzpolizei zu und verhaftete siebzehn Personen. Darunter befand sich natürlich auch Camille Moreau, sodass in seinem Computer die Kundenliste entdeckt wurde. Eigentlich hätte man gegen alle Beteiligten ein Strafverfahren einleiten müssen. Um jedoch einen Skandal zu vermeiden, beschloss das Gericht, Milde walten zu lassen.

Das Abenteuer war zu Ende. Für manche bedeutete es den Ruin. In der großen Provinzstadt misstrauten sich nun alle. Nur die Banken jubelten. Man hatte sie verachtet, weil sie nur sechs Prozent Zinsen boten, doch kehrten jetzt ihre Kunden zähneknirschend zurück.
Während Franz Ferney, der Schweizer Komplize von René Degros, geflohen war und nie aufgespürt werden konnte, konnte Monsieur René in Nîmes verhaftet werden, wo er sich versteckt hielt. Mit Rücksicht auf sein hohes Alter ließ man ihn jedoch vorläufig auf freiem Fuß.
Der Prozess begann im Dezember 1992 vor der 12. Pariser Strafkammer. Obwohl nach den Worten des Staatsanwaltes »die Opfer kaum Beachtung verdienen«, wurden harte Strafen beantragt. Nach eingehender Beratung sprach man im Februar 1993 das Urteil: für Camille Moreau drei Jahre Gefängnis, von denen sechs Monate auf Bewährung ausgesetzt wurden, und 1 300 000 Franc (fast 200 000 Euro) Strafe; für René Degros drei Jahre Gefängnis, davon dreißig Monate auf Bewährung, und 1 000 000 (150 000 Euro) Strafe. Gegen die Helfershelfer, Camille Moreaus Werber, wurden

leichte Haftstrafen, die mit der Untersuchungshaft abgebüßt waren, und schwere Geldbußen verhängt. Acht Personen, denen keine Verantwortung nachgewiesen werden konnte, wurden freigesprochen.
So endete der letzte bekannte Schneeball-Schwindel. Doch wird es garantiert noch eine Menge anderer geben, weil die Habgier bei vielen Leuten den Verstand und jeden Sinn für Moral ausschaltet.
Man kann es gar nicht oft genug wiederholen: Hinter einer Geldanlage, die zehn Prozent im Monat oder eine ähnlich traumhafte Rendite bringt, muss einfach ein Schwindel stecken. Man kann sogar noch weiter gehen: Eine solche Anlage zu tätigen ist, zumindest vom moralischen Standpunkt aus gesehen, reiner Betrug.

Alles über Patrick

Frankreich, 1992.
»Patricia, komm mal her! Was soll denn das bedeuten? Mit wem hast du eigentlich telefoniert? Schau dir mal die Rechnung an.«
Monsieur Dumontier, Patricias Vater, schäumte vor Wut, während er die Telefonrechnung hin und her schwenkte.
»Das kann doch nicht wahr sein, achttausendsiebenhundertvierzig Franc (etwa eintausendvierhundertneunzig Euro) in zwei Monaten.«
Patricia, die sechzehn Jahre alt und ein paar Kilo zu schwer war, schwieg. Sie wusste nicht, was sie sagen sollte. Ja, sie hatte mit ihren Freundinnen telefoniert. Ja, die Gespräche waren etwas länger gewesen als sonst. Aber sie begriff wirklich nicht, weshalb die Telefonrechnung so hoch war.
Am nächsten Tag begab sich Monsieur Dumontier, der einen Fehler der Telefongesellschaft vermutete, zur Telefondienststelle, um Einspruch zu erheben. Man bat ihn, zuerst die Rechnung zu bezahlen, dann erst würde man Nachforschungen anstellen können, um das Problem zu lösen. Monsieur Dumontier drohte, sein Telefon abzumelden oder es abzuschließen, aber er zahlte und wartete auf eine ausführliche Erklärung. Als diese Erklärung eintraf, wäre er fast aus der Haut gefahren und Patricia erhielt eine väterliche Strafpredigt. Unter Tränen begriff sie, worin das Problem bestand.

Schuld war die unbändige Leidenschaft, die Patricia für die Sänger empfand, die gerade ganz oben auf den Hitlisten standen – wie Patrick, Rocky oder Johnny. Diese Leidenschaft, die täglich durch das Radio, das Fernsehen und die Jugendzeitschriften geschürt wurde, hatte in den Köpfen einiger internationaler Betrüger eine Idee entstehen lassen. Warum sollten sie sich nicht mit wenig Kostenaufwand eine Einkommensquelle verschaffen? Die Idee war einfach. Man fügte in die Jugendzeitschriften kleine Annoncen ein, die vertrauliche Informationen über jene Stars enthielten, die zurzeit besonders gefeiert wurden. Außerdem war darin zu lesen: »Wenn ihr alles über Patrick, Rocky, Johnny oder Frédéric erfahren wollt, dann wählt folgende Nummer …«

Für Patricia war das Telefonieren ein ganz normaler Vorgang wie für jedes andere junge Mädchen zu dieser Zeit. Sie notierte die erstaunlich langen Nummern in ihr Tagebuch. Sie würde außergewöhnliche Auskünfte über ihre Idole erhalten und ihre Freundinnen beeindrucken, wenn sie die vertraulichen Informationen brühwarm an sie weitergab.

Patricia wählte also die entsprechende Nummer. Sie tippte die Vorwahl ein, wartete auf den Ton, wählte eine Nummer und vernahm das Rufzeichen; es klickte in der Leitung, der Anschluss schien weit entfernt zu sein, sogar sehr weit. Schließlich hörte sie einen Anrufbeantworter, der munter drauflosplapperte: »Guten Tag, willkommen bei der Spezialleitung, die euch das Neueste über euren Star, den supersympathischen Sänger Patrick verrät …« Das war toll, wenn auch ziemlich weitschweifig. Nach einigen Minuten Blabla freute sich Patricia, weil sie jetzt alles über die Sommertournee

ihres Idols erfahren hatte, auch wenn sie nicht das Geld hatte, dorthin zu fahren. Es folgten ein paar Einzelheiten über sein Privatleben, die Patricia eigentlich schon bekannt waren, eine Anekdote über die Aufzeichnung seines letzten Hits, einige Indiskretionen über seine Sammlungen, seinen neuen Schlagzeuger, seine Kindheit und schließlich die Aufzeichnung eines seiner Songs, die mindestens drei Minuten fünfundvierzig Sekunden dauerte. Letztendlich war Patricia, die von der Stimme des Anrufbeantworters aufgefordert wurde, bald wieder anzurufen, um das Neueste über ihren Star zu erfahren, etwas enttäuscht. Zumindest aber hatte sie das prickelnde Gefühl, zehn Minuten mit ihrem Star, der ihr nachts den Schlaf raubte und den sie gerne in die Arme genommen hätte, verbracht zu haben.
Schließlich war das ja nicht so schlimm. Das einzige Problem bestand darin, dass die Angestellten dieses Telefonservices alles so organisiert hatten, dass es sich für sie lohnte. Ihre Hauptservicestelle befand sich deshalb in England, also außerhalb des französischen Vorwahlnetzes. Die Leute vom Hitservice hatten sich mit der Telefongebührenstelle darauf geeinigt, dass bei allen Anrufen, die auf die Annoncen folgten, eine stattliche Provision gezahlt wurde. Und schließlich, und das war das Raffinierteste an der Geschichte, installierten sie ihren freundlichen Anrufbeantworter auch in Australien und in Neuseeland. Wenn Patricia, Josy und andere Jugendliche am elterlichen Telefon die entsprechenden Nummern wählten, waren sie, ohne es zu wissen, mit dem anderen Ende der Welt verbunden und verbrachten am Telefonhörer die teuersten zehn Minuten ihres Lebens.

Die Loire-Schule

Was die Kunstfertigkeit angeht, so gibt es keinen Unterschied zwischen einer Fälschung und einer Kopie. Beide geben das Werk eines verstorbenen Künstlers getreu wieder. Nur ist ein Kopist ehrlich, während ein Fälscher unehrlich ist, da er seine Tätigkeit verheimlicht. Zwischen beiden gibt es außerdem noch André Mailfert, der sich nicht richtig einordnen lässt. Der Schwindel, den er in den Dreißigerjahren aufgezogen hat, ist in der ganzen Geschichte sicher einzigartig. Er hat zwar gemogelt und gelogen, dies aber mit großer Intelligenz und viel Talent getan. Und weil es für einen guten Zweck war, verdient er im Grunde unsere Bewunderung.

Der aus Orléans gebürtige André Mailfert übte Ende des 19. Jahrhunderts den Beruf eines Aquarellmalers aus. Er war vernarrt in antike Möbel, nur besaß er nicht genug Geld, um sich welche leisten zu können. Die schönsten Stücke waren unerschwinglich. Da kam ihm eine Idee, die ihn zu einem reichen Mann machen sollte.
Bestimmt gab es viele Gleichgesinnte, denen es genauso erging wie ihm. Warum sollte man für sie keine Kopien schaffen? Allerdings echte Kopien. Keine billigen Imitationen, sondern völlig identische Reproduktionen. Die würden genauso aussehen wie Originale und

wären in einer Wohnung genauso dekorativ, nur würden sie sehr viel weniger kosten.
Damit hatte André Mailfert eine Marktlücke entdeckt. In seiner Heimatstadt Orléans gründete er 1904 eine kleine Fabrik für antike Möbelkopien. Und er sollte Recht behalten. Es klappte und die Bestellungen strömten nur so herein. 1913 musste er sich deshalb bereits vergrößern. In Orléans bezog er ein Wohnhaus aus der Renaissance und stellte weiter herrliche Kopien her: Renaissancesessel, Barockkommoden, venezianische Spiegel, Biedermeiertische und Frisiertischchen aus dem Rokoko.
Dieser Erfolg war kein Zufall, sondern allein der Detailversessenheit, die bis zur Perfektion getrieben wurde, zu verdanken. Abgesehen vom anfänglichen Zersägen der Holzblöcke benutzte Mailfert genau dieselben Techniken wie in der jeweiligen Stilepoche. Insbesondere das Rezept für die Lacke wurde genauestens eingehalten. Gealtert wurden die Möbel sehr trickreich durch Brennen, Vergilben, Schläge, Farbrisse und Einreiben mit Staub. Das Ergebnis waren Möbel von unvergleichlicher Qualität, die oft teurer verkauft wurden als Originale in schlechtem Zustand. Übrigens zögerten manche gewissenlose Antiquitätenhändler nicht, diese Möbel als echte Stücke zu verkaufen, wofür Mailfert jedoch nichts konnte. Sein Betrieb florierte so, dass er bald zweihundertfünfzig hoch qualifizierte Leute beschäftigte.
Da kam es 1931 plötzlich zur Krise. Nach dem Börsenkrach im Jahr 1929 an der New Yorker Börse machten sich die Folgen auch in Frankreich bemerkbar und trafen natürlich hauptsächlich die Luxusindustrie. Der Kunsttischlerei ging es schlecht. Mailfert sah sich ge-

zwungen, Leute zu entlassen, was ihm das Herz brach. Die Arbeiter – oder besser gesagt die Handwerker beziehungsweise die Künstler –, die er in seiner Fabrik beschäftigte, liebten ihren Beruf genau wie er. Darum suchte er verzweifelt nach einem Ausweg, bis ihm schließlich eine schlichtweg geniale Idee kam.
Er wollte eine leider verschwundene Schule von Kunsttischlern, die Loire-Schule, einfach erfinden und davon Reproduktionen herstellen. Natürlich würde es sich nur um Kopien handeln, aber da keine Originale mehr existierten, müssten sie sich fast so teuer wie echte Antiquitäten verkaufen lassen. Dazu käme das durch die Entdeckung geweckte Interesse und, wenn er es geschickt anstellte, eine gewisse Modewirkung beziehungsweise der Snobismus der Leute.
Unverzüglich machte er sich ans Werk. Auf altes Papier aus der Renaissance, das er auf dem Dachboden des Museums von Orléans gefunden hatte, zeichnete er sorgfältig mit Aquarell und Sepia-Lavierungen etwa hundert Möbelentwürfe in einem neuen, charmanten Stil, etwa vergleichbar mit einem rustikalen Rokoko. Sie waren aus hellem Obstbaumholz und hatten alle schlichte Füße, in Fächer unterteilte Türen und dekorative Intarsienarbeiten, die als Motive nur Schiffe oder Burgen zeigten.
Höchst zufrieden betrachtete André Mailfert sein Werk. Genau so ein Mobiliar hätte er hergestellt, wenn man ihm unter allen Stilrichtungen die Wahl gelassen hätte. Was er da geschaffen hatte, war echter Mailfert! Nachdem er immer nur seine illustren verstorbenen Vorläufer kopiert hatte, wollte er nun einmal sich selbst kopieren. Er streute Staub über die Dokumente und verschloss sie in einer antiken, mit Schweinshaut

bedeckten Truhe. Jetzt konnte der Schwindel, der seine Angestellten vor der Arbeitslosigkeit retten sollte, seinen Lauf nehmen.
Die »Loire-Schule« brauchte noch einen Lehrmeister, einen Schöpfer. Da sein Vorhaben recht kühn war, beschloss er, ihn »Hardy« zu nennen (»hardi« heißt auf Französisch »kühn«). Nun musste André Mailfert nur noch die Biografie des Kunsttischlers Jean-François Hardy aus dem 18. Jahrhundert erfinden, um sich ins Abenteuer stürzen zu können.
Ende 1931 veröffentlichte er die aufwändige Broschüre *Die Loire-Schule*, die sofort das Interesse aller Liebhaber und Spezialisten erregte. Hier einige Auszüge daraus: »Es erscheint uns unerlässlich zu erklären, warum sich das Publikum auf einmal so für die Loire-Schule begeistert, die noch vor wenigen Monaten praktisch unbekannt war. Vielleicht ist es an der Zeit zu erzählen, wer Jean-François Hardy, von dem viele zum ersten Mal hören, eigentlich war.
Jean-François Hardy war der Lieblingsschüler des Tischlermeisters und französischen Hoflieferanten Germain Landrin, in dessen Werkstatt er im Laufe von zehn Jahren die Lehre, die Gesellenzeit und die Meisterprüfung absolvierte. 1715 unternahm er eine Reise nach Holland, um sein Können zu vervollkommnen. Unterwegs machte Jean-François Hardy in Lille Halt, wo noch heute verschiedene kunstvolle Arbeiten, die für das Schloss Fournes-en-Weppes ausgeführt wurden, von seinem Aufenthalt zeugen.
Von dort zog er nach Brüssel. Hier war er eine Weile unter der Leitung von Meister Jan Hort tätig. Dann ging er nach Holland und bezog in Rotterdam ein Haus in der Nähe des Hafens. 1719 heiratete er die

Tochter eines reichen Bürgermeisters, Cornelia van der Breught, die ihm drei Kinder gebar: Pétrus und Bernard, die sein Werk in Frankreich fortführten, und Marguerite, die einen Kunsttischler aus Nantes heiratete.
Sein ältester Sohn Pétrus ließ sich in Orléans nieder, um dort zusammen mit Gaillard in der Rue du Bœuf das Werk seines Vaters fortzuführen. Sein zweiter Sohn zog nach Angers, wo er sich mit den Möbeln und Holzvertäfelungen des Bischofspalastes hervortat. Auch in Gien, Saumur und Ancenis verzeichnet man mehr oder weniger bescheidene Werkstätten, in denen ehemalige Schüler die Tradition von Jean-François Hardy fortsetzten und seine Entwürfe mehr oder weniger geschickt umsetzten.
Merkwürdigerweise zitiert keiner der Autoren der Handbücher über die Kunsttischler des 18. Jahrhunderts auch nur einen einzigen dieser Namen. Immerhin führt ihn der *Almanach général des marchands* Ende des 18. Jahrhunderts als Meister auf und die *Tablettes de la renommée* aus dem Jahre 1770 erwähnen seine Werke.«
Nach den vielen Einzelheiten, die sich schließlich keiner ausgedacht haben konnte, folgten Abbildungen mit den Möbelentwürfen des Meisters in diesem einzigartigen ländlichen Rokokostil, insbesondere ein Bücherschrank, ein Sekretär und ein Schlafzimmer.
Darüber hinaus war die Broschüre mit einem Porträt illustriert, das den Kunsttischler in voller Größe vor einer Meereslandschaft mit einem Schiffbruch in der Ferne zeigte. Dieses seltsame Motiv ließ sich auf ein Ereignis in Jean-François Hardys Leben zurückführen. Auf der Rückfahrt von Holland nach Frankreich wurde

sein Schiff vom Blitz getroffen und sank vor Nantes. Allerdings konnte er sich an einen Balken aus Zitronenholz klammern und dadurch sich und seine ganze Familie retten.

Darüber hinaus erwähnte der Text noch eine Einzelheit, die Mailferts größter Geniestreich war. Zurück in Frankreich fand Jean-François Hardy ein Land vor, das durch den Law-Bankrott ruiniert war. Darum hatten die Mitglieder der guten Gesellschaft zu der Zeit für Dinge, die nicht gerade unentbehrlich waren, kein Geld. Hardy beschloss deshalb, aus preiswertem Holz einfache, aber geschmackvolle Möbel herzustellen. Wundersamerweise waren die Erzeugnisse des unbekannten Meisters aus dem 18. Jahrhundert wie geschaffen für den Markt nach der Krise des Jahres 1929. Man konnte sich praktisch schon auf den Andrang der Kunden gefasst machen.

Zunächst einmal wurde André Mailfert jedoch mit Fragen zu seiner Entdeckung bestürmt. Wie waren Jean-François Hardys Zeichnungen in seinen Besitz gelangt und warum hatte er sie ausgerechnet jetzt veröffentlicht? Dies erklärte er auf einem Empfang, den er wenig später gab und zu dem nicht nur die Honoratioren von Orléans, sondern auch Kunstliebhaber aus ganz Frankreich erschienen.

»Am 1. August 1914 habe ich allen Angestellten, die an die Front geschickt wurden, ein Glas Champagner spendiert. Einer meiner Kunsttischler, Simon Hardy, gab mir eine alte Truhe in Verwahrung, die seinem Ahnen gehört hat. Er sagte, ich könne sie öffnen, falls er nicht zurückkehren sollte.«

»Und dieser Simon Hardy ist im Krieg gefallen?«

»Ja, 1916 beim Piton de Vauquois.«

»Warum haben Sie die Kiste nicht schon damals geöffnet?«
»Von seinem Tod habe ich erst spät erfahren. Ich hatte die Kiste auf den Dachboden gestellt und muss gestehen, dass ich sie dort völlig vergessen hatte. Erst als ich Anfang des Jahres ein bisschen aufräumen wollte, bin ich zufällig auf sie gestoßen.«
Es war ein voller Erfolg, ein echter Triumph! Von einem Tag auf den anderen sprach man in Fachkreisen nur noch von Jean-François Hardy. Eine Kunstzeitschrift widmete ihm ihre Weihnachtsnummer. Ein Postkartenverlag verdiente ein nettes Sümmchen mit einer Abbildung, die das Porträt des Kunsttischlers mit dem Schiffbruch in der Ferne zeigte. Unter der Schirmherrschaft des Kultusministeriums hielt André Mailfert einen Vortrag im Nationalen Radio, was damals ein höchst selten gewährtes Privileg war.
Vor allem aber machte er sich an die Arbeit. Wundersamerweise liefen die Geschäfte nämlich wieder. Nach der Veröffentlichung seiner Broschüre erhielt er Aufträge für drei Millionen Franc. So verließen die ersten »Kopien« nach den in der Kiste gefundenen Zeichnungen die Werkstatt. Wie vorhergesehen verkaufte er sie teurer als gewöhnliche Kopien, weil keine Originale bekannt waren. Und seine Angestellten mussten nicht mehr um ihren Arbeitsplatz fürchten, sondern waren sogar gezwungen, Überstunden zu machen.
Alle fielen auf den Schwindel herein. Ein Experte griff Mailfert sogar in einer Fachzeitschrift an mit dem Vorwurf, er habe die Zeichnungen des Meisters nicht exakt genug kopiert. In diesem Artikel erklärte er: »Sie haben das Werk von Jean-François Hardy vernichtet!« Als ein Reporter der Zeitung *Figaro* das Geburtshaus

von Jean-François Hardy in Tours in der Rue de la Sellerie entdeckte, wurde gleich eine Gedenktafel bestellt. Derselbe Journalist erklärte sich bereit, die Leitung eines »Comité Jean-François Hardy« zu übernehmen. Das Museum von Blois machte einen ganzen Saal frei, um seine Erzeugnisse auszustellen.

Doch wenn Sie heute durch die Rue de la Sellerie in Tours spazieren, werden Sie keine Marmortafel mit dem Namen des Kunsttischlers finden, und das Museum von Blois konnte seinen guten Ruf gerade noch rechtzeitig retten. Nachdem André Mailfert sein Personal endgültig versorgt hatte, beschloss er 1935, in den wohlverdienten Ruhestand zu treten. Er verkaufte sein Haus und schrieb als Rentner seine Memoiren, die unter dem Titel »Im Land der Antiquitätenhändler« erschienen.

Darin berichtete er, wie ihm das Meisterstück gelungen war, sich mittels der »Loire-Schule« selbst zu kopieren. Zum Schluss machte er außerdem deutlich, dass das Pseudo-Porträt von Jean-François Hardy, das auf der Titelseite vieler Kunstzeitschriften und als Postkarte vervielfältigt worden war, in Wirklichkeit nur ein alter Ölschinken war, den er für zwanzig Franc in Orléans auf dem Flohmarkt erstanden hatte. Es zeigte einen Pfarrer aus dem 19. Jahrhundert, dem er selbst eine Perücke dazugemalt hatte. Was den Schiffbruch im Hintergrund anging, so hatte er nicht die geringste Ahnung, was der zu bedeuten hatte.

Im Grunde steht André Mailfert ein wenig zu Unrecht in diesem Buch, das ausschließlich Betrügern gewidmet ist. Schließlich hat er durch seine Fantasie und sein Talent nur seine Angestellten vor der Arbeitslosigkeit gerettet. Außerdem hat er einen neuen Stil geschaffen:

das rustikale Rokoko aus hellem Holz, verziert mit Seestücken und Burgen. Kunden, die diese Möbel erworben haben, haben ihren Kauf nie bereut. Auch heute zahlt man noch gute Preise dafür.
André Mailfert war nicht nur ein großherziger Schwindler, sondern auch ein waschechter Kunsttischler.

Der Traum des Fernfahrers

Frankreich, 1993. Viele junge Leute suchten Arbeit. Und sie begaben sich auf ein schwieriges Terrain. Einige hatten Glück, andere wiederum nicht. Der arbeitslose Eric Remolieu, ein anständiger Junge mit gutem Auftreten, glaubte daran, dass er es trotzdem schaffen würde. Seit seiner Militärzeit besaß er einen Führerschein für Lkws und gab nun eine Anzeige auf, dass er eine Stelle als Fernfahrer suchte. Dies war zweifellos eine gute Idee gewesen, denn schon am nächsten Tag erhielt er den Anruf eines Mannes, der ihm aufgeregt erklärte, dass er Vertreter eines großen Unternehmens im Südwesten sei. Da einer der Fernfahrer erkrankt sei, suche er verzweifelt einen Ersatz, einen Mann, der sofort einspringen könne. Es gehe um einen Transport zwischen England und Spanien. Für zehn Tage bekomme er dreihundertfünfzig Franc (etwa sechzig Euro) Spesen pro Tag sowie das übliche Gehalt.

Eric hätte es vorgezogen, wenn man ihm einen Job von längerer Dauer angeboten hätte, doch war das immerhin ein Anfang. Wenn sein Arbeitgeber mit ihm zufrieden war und er etwas Glück hatte, bekam er vielleicht ein festes Angebot und einen Vertrag. Der Mann, der so zuverlässig wirkte, verabredete sich mit ihm für den nächsten Tag. Eric lernte am vereinbarten Ort seinen Gesprächspartner kennen, der sich mit dem Vornamen Albert vorstellte, ohne seinen Nachnamen zu nennen.

Albert wirkte sehr sympathisch: »Bei uns ist es üblich, sich zu duzen.«
Albert beherrschte seine Rolle perfekt: Er unterhielt sich mit Eric, ließ ihn die Papiere ausfüllen, die für eine Einstellung nötig waren, und gab ihm kleine Tipps hinsichtlich der Fahrt, des Zollübergangs und der Übernachtungsmöglichkeiten in England, Frankreich und Spanien.
Als sie sich verabschiedeten, empfahl der liebenswürdige Firmenvertreter unserem künftigen Fernfahrer, auf ein kleines Detail zu achten, das zu erwähnen er vergessen hatte.
»Ach ja, da fällt mir gerade noch ein: Du solltest deine Spesen unterwegs bar bezahlen. Am Ende der Fahrt bekommst du sie zurückerstattet.«
Eric bemerkte arglos: »Ich habe dreitausend Franc auf dem Konto. Soll ich alles abheben?«
»Aber nein«, protestierte Albert, »das ist zu viel; zweitausend Franc reichen bei weitem aus.«
»Ich gehe gleich zur Bank«, schlug Eric vor.
»Ich begleite dich«, erwiderte der liebenswürdige Albert.
Anschließend verabredeten sie sich für den nächsten Tag, vierzehn Uhr. Eric sollte seinen Reisebeutel mitnehmen sowie eine Strickjacke und einen Regenmantel für England. Kurz bevor sie sich verabschiedeten, bot Albert, der einen kecken Schnurrbart hatte, Eric an, er solle ihm die zweitausend Franc (dreihundertvierzig Euro), die er zuvor abgehoben hatte, anvertrauen, damit er sie in Pfund Sterling und Peseten umtauschen könne.
»Ich kenne einen Dreh, mit dem es viel schneller geht, und du tauschst die Devisen zu einem viel günstigeren Kurs ein.«
Eric, der sich bereits am Steuer eines Brummis mit

glänzenden Chromteilen über die Straßen von Frankreich und Navarra fahren sah, reichte ihm den Umschlag mit den zweitausend Franc.

Am anderen Tag wartete Eric um vierzehn Uhr vergeblich auf Albert, der ihn zum Personalchef bringen und ihm seinen Lastwagen zeigen wollte. Eine Stunde verstrich. Niemand kam. Als Eric bei der Firma anrief, die Albert angeblich vertrat, erklärte man ihm, niemanden mit diesem Namen zu kennen, aber seit geraumer Zeit mache ein Betrüger die Gegend unsicher, und genau wie dieser »Albert« gehe er immer nach der gleichen Methode vor. Die Liste seiner Opfer war somit wieder um einen Gutgläubigen länger geworden.

Das spiritistische Brett

Nach den Zerstörungen des Zweiten Weltkriegs herrschte in Deutschland auch 1952 noch eine schlimme Wohnungsnot. Als Dora Jung ein großes Einfamilienhaus bei München erwarb, fürchtete sie, man könne ihr fremde Mieter aufzwingen.
Darum bat sie eine alte Freundin, Ingrid Strauss, bei ihr einzuziehen. Die Furcht, eine unbekannte Person unter ihrem Dach aufnehmen zu müssen, war jedoch nicht der einzige Grund, der Dora Jung veranlasste, ihre Freundin Ingrid einzuladen. Sie hatte furchtbare Angst vor der Einsamkeit, da sie erst vor kurzem, im Alter von fünfzig Jahren, ihren Mann verloren hatte. Übrigens hatte sie sich das Haus von seiner Lebensversicherung geleistet. Mit der zehn Jahre jüngeren, immer fröhlichen und lebenslustigen Ingrid würde sie sich bestimmt nicht langweilen.
In dieser Hinsicht sollte sie Recht behalten. Langweilen sollte sie sich nicht.

Drei Monate verstrichen. Dora Jung freute sich jeden Tag ein wenig mehr darüber, Ingrid eingeladen zu haben. Diese hatte im Haus alles in die Hand genommen, sodass sich Dora beruhigt treiben lassen konnte. Sie führte wieder dasselbe Leben wie während ihrer Ehe: Ihr autoritärer Mann hatte nämlich auch immer alles entschieden. Um nichts in der Welt hätte sie ge-

wollt, dass sich das ändert. Darum machte sie sich große Sorgen, als ihr Ingrid eines Tages erklärte: »Ich habe mich erkundigt. Zwei Personen in einem Haus mit sechs Zimmern sind nicht genug. Man wird uns sicher noch einen Mieter aufzwingen.«
»Mein Gott! Was soll nur aus uns werden?«
»Keine Sorge. Ich kann dir einen sehr anständigen Mann empfehlen, den ich vor kurzem kennen gelernt habe. Er heißt Franz Weber. Ein Mann im Haus wäre ganz nützlich.«
»Was ist er von Beruf?«
»Zufällig ist er Maurer. Er könnte einige Ausbesserungsarbeiten am Haus vornehmen.«
Dagegen hatte Dora Jung nichts einzuwenden, sodass auch Franz Weber bei ihr einzog. Nun beherbergte sie schon zwei Personen gratis, weil es für sie nicht in Frage kam, von den beiden eine Miete zu verlangen.
Schon in den ersten Wochen stellte Dora fest, dass Franz Weber trotz seines Maurerberufs kaum Arbeiten am Haus erledigte. Allerdings war sie ihm deswegen nicht böse. Er hatte ja bei dem ganzen Wiederaufbau so viel zu tun, dass er abends völlig erschöpft nach Hause kam. Stattdessen bemühte sie sich, ihm immer etwas Gutes zu kochen, weil Franz gutes Essen und einen guten Tropfen zu schätzen wusste. Auch für Speis und Trank wollte sie von den beiden kein Geld annehmen. Sie war viel zu glücklich, Gesellschaft zu haben. Eigentlich musste sie dankbar sein, dass die beiden bei ihr wohnen wollten.
Dennoch gab es im Leben von Dora Jung einen Schatten, und zwar im wahrsten Sinne des Wortes, nämlich ihren Mann. Über seinen Verlust konnte sie

sich nicht hinwegtrösten. Ingrid und Franz brachten sie zwar auf andere Gedanken, doch wäre es unendlich schöner gewesen, wenn er wieder bei ihr hätte sein können. Dabei hielt Dora so etwas durchaus für möglich. Sie hatte sich schon immer für Spiritismus interessiert und glaubte an die Kommunikation mit der Geisterwelt. Nur hielt sie sich selbst für völlig unbegabt dafür.
Eines Tages vertraute sie das bei Tisch ihren Freunden an.
»Schade, dass ich kein Medium kenne! Bestimmt hat mir mein armer Mann noch so viel zu sagen.«
Franz Weber, der vor einem riesigen Teller Sauerkraut saß, hörte auf zu kauen.
»Nichts leichter als das. Dazu braucht man nur ein spiritistisches Brett.«
»Ein spiritistisches Brett?«
»Haben Sie noch nie eins gesehen?«
Leicht beschämt gestand Dora Jung ihre Unkenntnis ein.
Der Maurer beruhigte sie: »Morgen bastele ich Ihnen eins.«
Nun mischte sich auch Ingrid Strauss ein: »Und was das Medium angeht, hast du großes Glück. Man hat mir immer versichert, dass ich dafür begabt sei.«
Franz Weber, der keinen Finger gerührt hatte, seit er die Schwelle des Hauses überschritten hatte, machte sich diesmal mit Eifer an die Arbeit. Schon am nächsten Tag war das spiritistische Brett fertig.
Für den Fall, dass Sie wie Dora Jung noch nie eines gesehen haben, folgt hier eine kurze Beschreibung des Gegenstandes. Es handelt sich um ein fünfzig mal fünfzig Zentimeter großes Brett, auf das ein großer

Kreis mit allen Buchstaben des Alphabets gemalt ist. In diesem ist ein weiterer kleinerer Kreis mit den Zahlen von null bis neun gezeichnet und in den beiden oberen Ecken des Brettes stehen die Worte »Ja« und »Nein«. In die Mitte stellt man eine umgedrehte Kaffeetasse, auf die alle Anwesenden einen Finger legen. Der Geist lässt sie dann zum »Ja« oder zum »Nein« wandern, wenn es sich um eine einfache Frage handelt, oder zu den Buchstaben, wenn ein Satz gebildet werden soll.
Schwer beeindruckt legte Dora also zitternd einen Finger auf die Tasse, gleichzeitig mit ihrer Jugendfreundin und dem Maurer. Sofort begann das Zwiegespräch mit dem Jenseits. In ihrer Eigenschaft als Medium stellte Ingrid Strauß die Fragen.
»Wer ist da?«
Von einer unsichtbaren Kraft getrieben spazierte die Tasse über die Buchstaben des großen Kreises.
»M-A-N-N.«
»Wo bist du?«
Derselbe Vorgang.
»F-E-G-E-F-E-U-E-R.«
Dora Jung platzte vor Erregung. Sie war zwischen Freude und Enttäuschung hin und her gerissen, weil sie gehofft hatte, dass ihr verstorbener Mann längst im Paradies sei. Zumindest musste er nicht in der Hölle schmoren. Sie schnitt Ingrid das Wort ab und fragte hastig: »Was würde dir Freude machen?«
Dieses Mal kam eine unerwartete Antwort: »S-E-K-T.«
Dora war ehrlich verblüfft, weil ihr Mann in seinem Leben nie einen Tropfen Alkohol angerührt hatte. Auf demselben Weg ließ sie sich auch erklären, wie sie dabei vorgehen sollte: Sie solle die Flasche am Abend

gut gekühlt ins Badezimmer stellen und nachts auf gar keinen Fall den Raum betreten.
So kurz nach dem Krieg waren die Lebensmittel in Deutschland noch rationiert und Luxusprodukte kosteten ein Vermögen. Dora Jung zögerte jedoch nicht einen Moment. Sie hatte ihrem Mann immer gehorcht und aus dem Jenseits war sein Wunsch mehr denn je Befehl. Sie tat wie geheißen und stellte am Morgen fest, dass die Flasche leer war. Ganz aufgeregt zeigte sie sie Ingrid und Franz.
»Habt ihr gesehen? Er hat sie getrunken. Das ist der Beweis dafür, dass alles stimmt.«
Von dem Moment an bestimmten die Sitzungen mit dem spiritistischen Brett das Leben im Haus. Der Verstorbene erwies sich als ausgesprochen redselig und teilte seiner Frau selbst seine kleinsten Wünsche mit. Dabei zeigte er eine besondere Vorliebe für Luxusartikel, hauptsächlich Sekt, aber auch für Kognak und verschiedene Spirituosen, Edelschokolade und sogar Zigarren. Einmal verlangte er sogar Parfüm! Ein ziemlich teures französisches Parfüm, das zufällig auch das von Ingrid war.
Diesmal wunderte sich Dora Jung, machte sich sogar Sorgen.
»Was ist los? Bist du im Fegefeuer etwa andersrum geworden?«
Zum Glück beruhigte er sie mittels der Kaffeetasse: Es handele sich nur um ein Geschenk für die Gottesmutter, um seine Verlegung ins Paradies zu beschleunigen.
Nachdem Ingrid Strauss und Franz Weber jedoch ihren Spaß gehabt und festgestellt hatten, dass die Witwe felsenfest daran glaubte, beschlossen sie, zum ei-

gentlichen Betrug überzugehen. Als Dora Jung ihren Mann das nächste Mal wie jeden Tag fragte, was ihm eine Freude machen könnte, kam plötzlich die Antwort: »Nichts.«

Sie wurde blass, und zwar mit Recht, denn die Enthüllung des spiritistischen Bretts war alles andere als erfreulich.

»Wegen des Hauses kriegst du Ärger mit dem Finanzamt.«

»Mein Gott! Was soll ich tun?«

»Überschreib das Heim vorläufig Franz Weber. Dann bekommst du es zurück, sobald der Ärger vorbei ist.«

Gesagt, getan. Vor einem Notar verkaufte Dora Jung das Haus für 100 000 Mark (etwa 50 000 Euro) an Franz Weber. Natürlich handelte es sich nur um einen fiktiven Verkauf. Der Maurer wurde offiziell zum Eigentümer, überwies aber kein Geld. Dora hingegen stieß einen tiefen Seufzer der Erleichterung aus. Sie war gerettet!

Die Tage verstrichen. Das Leben im Haus, das nun Franz Weber gehörte, änderte sich nicht. Auf einmal jedoch ereignete sich etwas völlig Unvorhergesehenes: Dora Jung bekam einen Verdacht. Eines Abends beim Nachtisch erklärte sie ihren Freunden plötzlich: »Ich frage mich, ob die Sache mit dem spiritistischen Brett wirklich stimmt.«

Franz Weber ließ fast sein drittes Stück Torte fallen.

»Wieso?«

»Mein Mann hat mir Ärger mit dem Finanzamt prophezeit, aber das hat sich bis jetzt noch nicht gemeldet.«

Die beiden Komplizen stießen innerlich einen Seufzer

der Erleichterung aus und beschlossen, auf der Stelle etwas zu unternehmen. Dora hatte ihnen gestanden, dass sie in der Steuererklärung nie die volle Höhe ihrer Witwenrente angab. Darum schrieben sie einen anonymen Brief ans Finanzamt, der auch bald zum gewünschten Ergebnis führte.

Als ein Kontrolleur auftauchte, war Dora Jung entzückt. Und mit einem breiten Lächeln zahlte sie fünftausend Mark (etwa 2500 Euro) Steuernachzahlung für die vergangenen fünf Jahre. Es stimmte also doch alles, sie stand wirklich mit ihrem Mann in Verbindung. Sie war überglücklich.

Danach wurden die Sitzungen mit dem spiritistischen Brett mit noch größerem Eifer fortgesetzt. Natürlich fragte Dora Jung ihren Mann, wann sie ihr Haus zurückbekommen könne.

Die Antwort war jedoch einsilbig und immer dieselbe: »Geduld.«

Genauso wunderte sie sich darüber, dass bei ihr immer häufiger Geld und Schmuck verschwanden, und erkundigte sich danach. Unweigerlich antwortete ihr der Geist darauf: »Ich habe es genommen, um schneller ins Paradies zu gelangen.«

Dann erklärte er, wem er es gegeben habe, um eine Gunst zu erlangen. Alle männlichen und weiblichen Heiligen kamen an die Reihe, selbst Jesus Christus und Gottvater. Letzterer wurde nach dem Verschwinden zweier Ohrringe genannt. Dora Jung hätte ihren Mann ja gerne gefragt, wozu Gottvater eigentlich ihre Ohrringe brauchte, aber dann traute sie sich doch nicht.

Die Zwiegespräche mit ihrem Mann führte sie nicht nur über das spiritistische Brett. Oft ging sie auf den

Friedhof und unterhielt sich lange an seinem Grab mit ihm. Genau das sollte sie retten und die beiden Betrüger auffliegen lassen.
Allerheiligen 1955 traf sie dort zufällig Hilda Weber, die ein paar Blumen auf das Grab legen wollte. Hilda Weber war eine Tochter ihres Mannes aus erster Ehe, mit der sie schon lange jede Verbindung abgebrochen hatte. Doch der Drang, ihr außerordentliches Abenteuer jemandem anzuvertrauen, war dieses Mal einfach stärker.
»Weißt du, dass dein Vater bald das Fegefeuer verlassen wird, um ins Paradies zu kommen? Ihm fehlten nur noch fünfhundert Mark, aber die habe ich ihm gestern gegeben.«
»Wie kommst du denn auf so was?«
»Durch das spiritistische Brett! Hast du noch nie etwas vom spiritistischen Brett gehört?«
Nein, Hilda Weber hatte noch nie etwas von einem spiritistischen Brett gehört und glaubte auch nicht daran. Obwohl sie die zweite Frau ihres Vaters nie besonders gemocht hatte, empörte sie sich so sehr über das Betragen der beiden Betrüger, dass sie nicht den Mund halten konnte. Als Dora endlich mit ihrer Geschichte fertig war, erklärte ihre Stieftochter: »Du musst sofort Anzeige erstatten!«
»Bist du verrückt?«
»Wenn du es nicht tust, tue ich es.«

Und das geschah dann auch. Nach einer Anzeige von Hilda Weber verhaftete die Polizei Ingrid Strauss und Franz Weber, die bald vor Gericht gestellt wurden. Beide wurden zu einem Jahr Gefängnis verurteilt. Obwohl der Verkauf des Hauses völlig legal erfolgt

war, wurde er für ungültig erklärt, sodass Dora Jung ihr Hab und Gut wiederbekam.
Nur ihr Geld war leider längst verjubelt und der Schmuck bis auf wenige Ausnahmen verkauft, unter anderem auch die Ohrringe. Diesmal war jeder Zweifel ausgeschlossen: Das spiritistische Brett hatte gelogen. Gottvater besaß sie nämlich nicht!

Letztendlich zählt das Glück

Sébastien Lepage war ein durch und durch vernünftiger Bankangestellter, auch wenn er nicht aus dem Holz geschnitzt war, irgendwann auf dem Direktorenstuhl zu sitzen. Als er jedoch Tag für Tag das viele Geld in den Händen hielt, all die Konten beobachtete, auf die Geld einging und von denen es wieder abgehoben wurde, erfasste ihn eine Art Schwindel. Langfristige und kurzfristige Festgelder, Darlehen, fällige Zahlungen … Er geriet ins Träumen und beschloss schließlich, ein kleines unehrenhaftes Geschäft mit einem wohlhabenden, aber naiven Rentner zu wagen.

»Monsieur Cromelecque«, sprach Lepage seinen Kunden an, »ich würde Sie gern als treuen Kunden an einer Geldanlage teilhaben lassen, an der ich das Exklusivrecht habe. Das ist ein Geschäft, das außerhalb der üblichen Bankgeschäfte abgewickelt wird, und ich möchte nicht, dass sich das herumspricht, da es dann alle nachmachen wollen, denn die Rendite ist, langfristig gesehen, sehr verlockend. Ich kenne mich sehr gut aus in der Branche. Wenn Sie zehntausend Franc (etwa 1700 Euro) anlegen und das Geld nicht anrühren und auch die gesamten Gewinne wieder reinvestieren, erhalten Sie eine Nettorendite von 29,5 Prozent pro Jahr. In neunzehn Jahren werden Ihnen dann für Ihre ursprüngliche Investition von zehntausend Franc 1 294 103 Franc (mehr als 220 000 Euro) ausbezahlt.

Damit haben Sie ausgesorgt und sichern Ihren Erben einen schönen Batzen Geld.«
Was für eine schöne Rede!
Monsieur Cromelecque brauchte nicht lange zu überlegen. Er konnte unbedenklich zehntausend neue Franc investieren. Und so stellte er einen Scheck ohne Order aus. Dafür übergab ihm Lepage eine Quittung, auf der stand, dass der Betrag auf neunzehn Jahre angelegt worden war und dass er während dieser Zeit keine Zinsen abheben durfte. Und damit war alles in Ordnung.
Monsieur Cromelecque bedachte jedoch nicht, dass er mit achtundsechzig Jahren wenig Chancen hatte, noch in den Genuss der Dividenden für seine Geldanlage zu gelangen. Lepage setzte also unter den Scheck über zehntausend Franc seinen Namen und zahlte den Betrag auf ein Konto ein, das er bei einer Konkurrenzbank eröffnet hatte.
Ermutigt durch diesen ersten Erfolg, suchte er einen neuen Investor und fand ihn auch. Ob gute oder schlechte Zeiten herrschten, die Mundpropaganda funktionierte perfekt, und jeden Monat fand er einen bis zwei optimistische Anleger. Da ja vereinbart worden war, neunzehn Jahre lang keine Dividende auszuschütten, konnte er das Geld, das ihm anvertraut worden war, unbehelligt abheben. Einige Investoren, die genauso vermögend wie leichtgläubig waren, wollten ihr investiertes Kapital unbedingt vermehren. Einige überreichten ihm sogar Schecks in Höhe von hunderttausend Franc (etwa 17 000 Euro). Die Summe, die nach Ablauf der Geldanlage zu erwarten war, war schließlich traumhaft hoch. Doch die Leichtgläubigen waren überzeugt davon, ihr Geld gut angelegt zu haben.

Schließlich war Lepage der Erste, der es leid war, dass all seine Aktionäre durch Tod oder Verkalkung daran gehindert wurden, nach neunzehn Jahren ihre Dividenden in Empfang zu nehmen. Seltsamerweise hatte auch nie ein Erbe irgendwelche indiskreten Fragen über diese Anlage gestellt, die auf neunzehn Jahre befristet war. Und keiner hatte jemals Anzeige erstattet. An seinem sechzigsten Geburtstag stellte sich der Schwindler Sébastien Lepage spontan der Polizei. Da er sich seit langem aus den Geschäften zurückgezogen hatte, hatte er schließlich auch nicht mehr die Gelegenheit, seinen privilegierten Kunden einmalige Tipps zu geben. Auf jeden Fall wirkte er nicht mehr überzeugend. Da er »sein« Geld immer mit vollen Händen ausgegeben hatte, war seit einigen Jahren alles aufgezehrt. Er war jetzt krank, abgebrannt und nicht einmal mehr in der Lage, seine Miete zu zahlen. Deshalb wollte er in aller Demut verurteilt, ins Krankenhaus eingewiesen und liebevoll umsorgt werden, wie es ein bedürftiger alter Mann verdiente. Er würde den Rest seines Lebens ohne Sorgen verbringen, aber bestimmt nicht im Gefängnis. Eventuelle Kläger konnten kein Geld von ihm erwarten – sofern die Erben überhaupt noch das Bedürfnis hatten, die unermessliche Naivität ihrer Vorfahren öffentlich preiszugeben.

Die vierzehntausend Vettern

Im Großen und Ganzen kann man zwei Sorten von Betrügereien unterscheiden. Die häufigste besteht darin, sich zum Nachteil einer Person, einer Firma oder irgendeiner Organisation eine größere Summe anzueignen. Bei der zweiten, die weniger häufig vorkommt, nimmt der Betrüger sehr wenig, allerdings von einer großen Anzahl von Menschen, sodass auch ein rundes Sümmchen zusammen kommt. Dazu muss man nur eine Masche finden, auf die ein ganzer Haufen Leute gleichzeitig hereinfällt. Die Masche, von der diese Geschichte handelt, war ebenso einfach wie genial.

In der Umgebung von Limoges machte seit dem Zweiten französischen Kaiserreich (1850 bis 1870) eine Legende die Runde. Ein gewisser Mallet war im 18. Jahrhundert nach Amerika ausgewandert und hatte dort ein Vermögen erworben, das jedoch niemand geerbt hatte. Die oberflächlichen, diesbezüglich von verschiedenen Familien mit Namen Mallet unternommenen Nachforschungen hatten jedoch zu keinem Ergebnis geführt.

Im Juli 1961 nahm das Leben von Gisèle Youbi eine Wendung. Nachdem sie ihr ganzes Leben als Grundschullehrerin gearbeitet hatte, ging sie in Rente. Um ihre Freizeit auszufüllen, suchte sie nach einer Beschäftigung. Und da sie zudem alleine war – als geborene Favier hatte sie einen gewissen Ahmed Youbi ge-

heiratet, dessen Witwe sie war –, mangelte es ihr nicht gerade an Zeit.
Während sie tagelang untätig herumsaß, dachte Gisèle unter anderem über die Geschichte des amerikanischen Mallet nach. Da kam ihr eine Idee. Und zwar wegen des Namens. Mallet ist einer der häufigsten französischen Familiennamen. Man muss nur ins Telefonbuch schauen oder im Internet nachsehen, um sich davon zu überzeugen. Genau das tat auch Gisèle Youbi. Sie schlug im Telefonbuch des Haute-Vienne nach. Allein in diesem Departement wohnten über hundert. Wie viele mochte es dann wohl in ganz Frankreich geben?
Und so entstand in ihrem Kopf nach und nach ein Plan. Wenn man diesen Leuten sagte, dass sie für einen bescheidenen Mitgliedsbeitrag vielleicht eine fabelhafte Erbschaft antreten könnten, wie viele würden dann wohl anbeißen?
Um darauf eine Antwort zu erhalten, war es am besten, die Probe aufs Exempel zu machen. Gisèle Youbi schrieb an alle Mallets Frankreichs, sogar an alle Malets mit nur einem einzigen »l«, um niemanden zu benachteiligen. Insgesamt einige zehntausend Briefe. Das war der einzige Nachteil an der Sache: die erste Investition. Dafür gab sie ein kleines Vermögen an Briefmarken aus. Doch wenn sie Recht behielt, müsste sie bald auf ihre Kosten kommen. Auf jeden Fall waren die Würfel gefallen und sie konnte jetzt nur noch warten.

»Nach meiner Schätzung müsste sich das Vermögen Ihres Vorfahren auf 259 000 000 000 alte Franc belaufen!«
Ein verblüfftes »Oh!« stieg aus der Menge der in einem Kino von Limoges versammelten Zuhörer auf.

Allerdings war die angekündigte Summe auch wirklich gewaltig, sogar kaum vorstellbar. Nach heutigem Maßstab entsprach sie etwa drei Milliarden Euro.

Gisèle Youbi legte eine Kunstpause ein. Eigentlich sollte man »Prinzessin Ayoubi« sagen, weil sie beschlossen hatte, einen Namen anzunehmen, der harmonischer und zugleich eindrucksvoller klang. Sie gab sich also als Prinzessin Ayoubi aus, als Witwe eines Emirs aus Turkestan, der sich um ihrer schönen Augen willen duelliert hatte und dabei getötet worden war.

Von dem Podest, auf dem sie stand, blickte sie auf die ihr zugewandten Gesichter herab. Etwa dreihundert Personen waren anwesend und bildeten ein sehr heterogenes Publikum. Man sah dort junge und weniger junge Leute, darunter sogar Ehepaare, die mit ihren Kindern gekommen waren, und Mütter mit Babys auf den Armen, reiche und weniger reiche, Bauern und Stadtmenschen. Sie alle hatten eines miteinander gemein: ihren Namen. Sie hießen Mallet.

Gisèle Youbi hatte allen Grund, zufrieden zu sein. Immerhin waren dreihundert Personen aus ganz Frankreich angereist, um sich ihren Vortrag anzuhören, und mehrere tausend hatten auf ihren Rundbrief geantwortet. Sie hatte Recht behalten. Ihre Idee war genau richtig gewesen.

Gisèle Youbi ... Verzeihung ... Prinzessin Ayoubi spürte, wie ihr alle Mallets an den Lippen hingen, und erzählte die Geschichte, auf die alle warteten.

»Ihr Vorfahre, Joseph Jean-Pierre Mallet, wurde am 22. Januar 1759 in Saint-Victurnien im Departement Haute-Vienne geboren. Als jüngstes von elf Kindern wurde er von seinem Vater, einem königlichen Staatsanwalt, ins Priesterseminar von Limoges gesteckt. Da er jedoch kein Priester werden wollte, floh er und schiffte sich in La Rochelle als blinder Passagier ein. Zu seinem Glück wurde er während der Reise nicht erwischt und kam in Amerika an. Und dort hatte er noch mehr Glück, das Glück seines Lebens. In Louisiana rettete er eine reiche Erbin, eine Kreolin, aus ihrem brennenden Herrenhaus und heiratete sie. Da die ganze Familie des Mädchens in den Flammen umgekommen war, waren die beiden steinreich und kauften Ländereien in Maine und Vermont. Beide starben 1816. Kurz vor seinem Tod schrieb Joseph Jean-Pierre Mallet seinen Brüdern. Sie sollten kommen, um ihr Erbe anzutreten. Doch aus Ungläubigkeit oder aus Geldmangel traten sie die Reise nie an. Heute nimmt der Besitz der Mallets in den Vereinigten Staaten etwa die Fläche von sechs französischen Departements ein. Aber das ist noch nicht alles, weil Jean-Pierre, abgesehen von diesem Grundbesitz, auch Ölquellen und Goldminen besaß. Das alles könnte Ihnen gehören, wenn Sie wollen …«

Diese Worte wurden im Kino von Limoges mit einem Beifallssturm belohnt. Alle Mallets klatschten einhellig. Einer von ihnen, der etwas kühner war als die anderen, ergriff das Wort.

»Wären Sie einverstanden, die Leitung eines ›Interessenverbands der Mallets‹ zu übernehmen, Prinzessin Ayoubi?«

»Ich weiß nicht, ob ich einer solchen Verantwortung gewachsen bin.«

Nachdem sich Prinzessin Ayoubi etwas geziert hatte, willigte sie ein, sodass man gleich zur Ausarbeitung der Verbandsstatuten schritt. Sie schlug vor, auf die Fachkenntnisse eines Anwalts, Monsieur Barbeau, zurückzugreifen, dessen Dienste sie sich bereits versichert hatte. Nur vergaß sie dabei zu erwähnen, dass dieser Mann aus der Anwaltskammer von Paris ausgestoßen worden war.

Der erste Punkt, die Höhe des Mitgliedbeitrags, stieß auf keine Schwierigkeiten. Er wurde auf zehn Franc im Jahr festgesetzt, etwas weniger als fünfzehn Euro. Nach allgemeiner Auffassung war das eine bescheidene Summe, die auch alle gleich bei ihrer frisch gebackenen Präsidentin entrichteten.

Anschließend unterhielt man sich in fröhlicher, lockerer Stimmung über die Aufteilung der Erbschaft. Keiner versuchte mehr zu ergattern als der andere. Allerdings beschloss man, einen Stammbaum zu erstellen, um herauszufinden, ob manche Nachkommen näher mit Joseph Jean-Pierre verwandt waren als andere. Einige kamen sogar auf ausgesprochen originelle Ideen.

»Wie wär's, wenn wir einen Hilfsverein gründen würden?«

»Wozu denn das?«

»Alle Mallets hätten dann Anrecht auf Ermäßigungen in öffentlichen Verkehrsmitteln und großen Warenhäusern.«

»Wir müssen uns zu einem großen Festessen treffen.«

»Wo denn?«

»Natürlich in Saint-Victurnien, dem Geburtsort von Joseph Jean-Pierre.«

»Und anschließend gibt es einen Ball.«

»Und die Wahl einer Miss Mallet!«

Gisèle Youbi konnte es kaum fassen. Es kamen praktisch keine Fragen zur Echtheit ihrer Geschichte, die sie sich doch ganz und gar aus den Fingern gesaugt hatte. Die Leute waren so glücklich über die Nachricht von der Existenz eines sagenumwobenen Vorfahren, dass sie sie nicht in Zweifel zogen. Übrigens köderte sie weniger die Habgier als das Vergnügen, alle zusammen zu sein. Sie kamen aus allen Ecken Frankreichs und gehörten allen sozialen Schichten an, und trotzdem vereinte sie ein starkes Band: Sie waren Vettern, fast schon Brüder. Sie waren alle Mallets.

Und es funktionierte auch weiter. Ende 1961 zählte der Verband schon dreitausend Mitglieder, die alle ihren Beitrag von zehn Franc entrichtet hatten. Damit hatte Prinzessin Ayoubi ihre Ausgaben für Briefmarken reichlich erstattet bekommen. Ende 1962 waren es achttausend. Damals fand der schönste Moment dieses Abenteuers statt, nämlich das große Festmahl, von dem man schon auf der Gründungsversammlung gesprochen hatte.

An Weihnachten unternahmen die Mallets eine Pilgerfahrt auf den Hügel von Saint-Victurnien, wo das Geburtshaus ihres Ahnen Joseph Jean-Pierre stand. Es waren fast tausend. Ein großes Ereignis, nicht nur für das Dorf, sondern auch für die ganze Gegend. Und am Abend, in der Nacht vom 24. auf den 25. Dezember 1962, fand das Festmahl statt, gefolgt von der lange geplanten Wahl einer Miss Mallet.

Diese verriet errötend ihren geheimsten Wunsch: »Meinen Namen nie ändern zu müssen und einen jungen, hübschen Mallet zu heiraten.«

Vertreter der lokalen und sogar der nationalen Presse waren gekommen, deren Fragen Prinzessin Ayoubi gelassen beantwortete.

»Warum findet sich in Saint-Victurnien keine Spur von der Geburt eines Mallet im Jahre 1759?«

»Ganz einfach. 1880 kam Konsul Giffils aus den Ver-

einigten Staaten nach Saint-Victurnien, um jede Spur von dem französischen Milliardär auszulöschen. In den damaligen Zeitungen kann man nachlesen, dass der Abgeordnete Labussière 1888 gegen diese amerikanische Einmischung protestiert hat.«
»In Amerika wird in wohlinformierten Kreisen behauptet, dass es unter den reichsten Familien keinen Mallet gäbe.«
»Natürlich! Die Amerikaner wollen das Geld selbst behalten. Darum haben wir den Interessenverband der Mallets gegründet. Sobald wir genug legale Beweise besitzen, werden sie bezahlen müssen.«

Die Zeit verstrich. Der Verband war jetzt gut eingespielt und funktionierte ausgezeichnet. Prinzessin Ayoubi zog alles ganz professionell auf: Eingaben bei öffentlichen Stellen, Pressekampagnen, Briefe an die Gerichtshöfe und den Präsidenten der Republik. 1965 zahlten über vierzehntausend Mallets, genau gesagt vierzehntausendachthundertsiebzehn, regelmäßig ihren Beitrag.
Im Gegensatz zu dem, was man zunächst annehmen könnte, kamen sie nicht nur aus Frankreich, sondern aus dreiundsiebzig verschiedenen Ländern. Anscheinend packte die Mallets, ähnlich wie Joseph Jean-Pierre, oft das Reisefieber. Jedenfalls waren sie in die ganze Welt ausgeschwärmt. Unter den Mitgliedern des Verbandes befanden sich alle möglichen Leute, selbst Angehörige der Highsociety und sogar ein englischer Lord! Um das Niveau anzuheben hatte Prinzessin Ayoubi sogar gemogelt und hoch gestellte Mallets einfach ohne ihr Wissen eingeschrieben. So war ein renommierter Arzt als stellvertretender Schatzmeister des Vereins registriert und

seine Unterschrift – eine Fälschung – zusammen mit den Statuten bei der Präfektur hinterlegt worden.
Endlich winkte der Erfolg, vielleicht sogar der Ruhm! Man sprach davon, die Lebensgeschichte von Joseph Jean-Pierre Mallet zu verfilmen, mit Jean Marais und Marpessa Dawn in den Hauptrollen.
Doch die ersten Szenen dieses großen Filmwerkes sollten nie gedreht werden. Der Traum zerstob wie alle Träume, um der Wirklichkeit Platz zu machen. Einem Ahnenforscher aus dem Departement Haute-Vienne gelang es, die Spur eines Joseph, genannt Jean-Pierre Mallet, zu finden, der etwa zur gleichen Zeit wie der Milliardär gelebt hatte. Er musste aber feststellen, dass dieser nur den Beruf eines Straßenarbeiters ausgeübt und das Departement nie verlassen hatte. Bei seinem Tod hatte er seinen Erben eintausenddreihundertvierunddreißig Franc und ein paar Centimes hinterlassen.
Darauf erstatteten mehrere Mallets Anzeige, sodass Gisèle Youbi des Betrugs und der Fälschung angeklagt und am 19. Januar 1966 verhaftet wurde. Sie gestand, kein Dokument zu besitzen, das die Existenz des Stammvaters Mallet bewies. Dennoch pochte sie auf ihre Rechtschaffenheit: »Schließlich habe ich den Verband, der mittlerweile weltweit vertreten ist, gerade gegründet, um Beweise für die Existenz dieses Erben zu suchen.«
Sie gab zu, für das Ausstellen der Mitgliedskarten Geld angenommen zu haben, fügte aber hinzu: »Der Verband schuldet mir dreißigtausend Franc.«
Damit hatte sie nicht ganz Unrecht. Wie sich herausstellte, hatte ihr Betrug nie wirklich große Ausmaße angenommen. In den fünf Jahren, die der Schwindel gedauert hatte, war es ihr nur knapp gelungen, sich mit

dem Geld ihrer Opfer über Wasser zu halten. Andererseits hatten die Betrogenen bei diesem Abenteuer nicht viel verloren. Im Grunde war die Mallet-Erbschaft für Gisèle Youbi nur eine ungewöhnliche Art gewesen, sich im Ruhestand zu beschäftigen.
Darum lassen wir sie in Frieden und schließen mit einem Wunsch: Wir hoffen, dass die Miss Mallet wenn schon keine märchenhafte Erbschaft, so doch wenigstens das Glück mit einem anderen Mallet gefunden hat und dass sie zusammen viele kleine Mallets bekommen haben.

Ein unterzuckerter Diabetiker

Fürstentum Monaco, 1993. Wilfrid Gerber und seine Gattin, ein Schweizer Ehepaar, das sich vorübergehend im Fürstentum niedergelassen hatte, verbrachte seine Zeit damit, mit seinem Schweizer Wagen die Schönheit der Côte d'Azur zu erkunden. Am Abend kehrten sie nach Monaco zurück, wo sie in einem Luxushotel abgestiegen waren. Als Herr Gerber seinen Wagen parkte und gerade die Handbremse anzog, beugte sich ein gut gekleideter Fußgänger, der eine Brille trug und wie ein Deutscher aussah, zu ihm hinunter – er hatte nämlich die Scheibe heruntergekurbelt – und fragte ihn: »Sprechen Sie Deutsch?« Aber ja. Herr Gerber, der aus der deutschsprachigen Schweiz stammte, wie sein Züricher Nummernschild verriet, beherrschte Deutsch.

Der elegante Herr wirkte erleichtert und entschuldigte sich in der Sprache Goethes, dass er auf Herrn Gerbers Hilfe angewiesen sei. Er gestand, sich in einer sehr unangenehmen Lage zu befinden. Soeben sei ihm der Koffer gestohlen worden, der seine gesamten Papiere, sein Geld und vor allem, was noch viel schlimmer war, sein lebenswichtiges Insulin enthielt. Denn dieser Deutsche namens Heinrich Wolker war Diabetiker und das Insulin war lebenswichtig für ihn. Wenn er nicht täglich seine Dosis erhielt, lief er Gefahr, in ein lebensbedrohliches Koma zu fallen. Herrn und Frau Gerber lief es kalt den Rücken hinunter. Wolker hatte bei der monegas-

sischen Polizei Anzeige erstattet und die Klinik in Monaco hatte ihm einige Ampullen Insulin zur Verfügung gestellt, aber wenn er nicht sofort nach Deutschland zurückkehren würde, könnte er aufgrund seiner Abhängigkeit vom Insulin in Lebensgefahr geraten.
Der redliche Schweizer überlegte kurz, wie er dem Fast-Landsmann helfen konnte. Als er seinen Entschluss gefasst hatte, begleitete er Wolker zum Bahnhof, lieh ihm das Geld für die Fahrkarte und schenkte ihm eine Telefonkarte, damit Heinrich seine Frau im entlegenen Engelstadt anrufen konnte. Bei dem bewegten Abschied erzählte der Pechvogel, dass seine Frau im kirchlichen Bereich tätig sei. Dann bedankte er sich bei seinem Gönner und versicherte ihm, dass er ihm umgehend das geliehene Geld zusenden würde. Zuvor hatte sich der Diabetiker die Kontonummer seines Wohltäters in ein Notizbuch notiert.
Einen Monat später war jedoch immer noch keine Geldüberweisung erfolgt. Daraufhin beschloss der Schweizer Wohltäter, seinem Schuldner zu schreiben, aber der Brief kam mit dem Vermerk »Unbekannt verzogen« zurück. Obwohl Herr Gerber ein herzensguter Mensch war, ärgerte er sich über diese Nachricht und wandte sich unverzüglich an die Polizei in Engelstadt, die ihm allerdings sehr schnell antwortete, dass der Diabetiker leider nicht auffindbar sei. Seit Jahren zog er quer durch Westeuropa, wobei er offensichtlich seine Technik und seinen Text verbessert hatte, und bettelte gutmütige Deutsche oder andere an, die lieber sieben- oder achthundert Franc (zwischen hundert und hundertfünfzig Euro) riskierten, als das Leben eines Menschen aufs Spiel zu setzen. Eine Wohltat trifft häufig den Falschen …

Die Süßwarenbande

Im Jahre 1949 war Maria Brogan siebzehn Jahre alt. Ihr Vater, Pastor Brogan, stand einer der vornehmen Gemeinden Bostons vor, der puritanischsten Stadt der Vereinigten Staaten. Maria Brogan stammte also aus guter Familie und besuchte während der Woche eines der exklusivsten und teuersten Colleges des Landes. Und am Sonntag trat sie im Kirchenchor als Solistin auf.

Die Gemeindemitglieder, die dem Gottesdienst beiwohnten, zollten ihr grenzenlose Bewunderung. Was für eine schöne Stimme und welche Zurückhaltung in der Kleidung und im Verhalten! Gott sei Dank, dass es im modernen Amerika nicht nur diese ausgeflippten Mädchen ohne Moral gab, die zu Jazzmelodien tanzten …

Brian Lester, achtzehn Jahre alt, war einer der heftigsten Verehrer von Maria. Sein Vater besaß eine große Textilfabrik. In seinem College, das nicht weniger nobel und teuer war, stach er durch seinen Lerneifer hervor und glänzte durch ausgezeichnete Noten in den naturwissenschaftlichen Fächern.

Brian hatte sich lange dagegen gewehrt, sich die Wahrheit einzugestehen. Jetzt aber konnte er sie nicht länger verbergen. Er war verliebt in Maria, ja, er war rasend verliebt in sie. Die wenigen Worte, die er mit ihr bei den gesellschaftlichen Anlässen, bei denen sie sich

getroffen hatten, oder vor den Sonntagsgottesdiensten, in denen sie so wunderbar sang, gewechselt hatte, hatten ausgereicht, dass er sich Hals über Kopf in sie verliebte. Aber nun, so hatte er beschlossen, würde er sich ihr bei der nächstbesten Gelegenheit offenbaren.
Auf den ersten Blick erkennt man nicht unbedingt den Zusammenhang zwischen diesen reizenden jungen Leuten und einem Buch über die großen Betrügereien. Und dennoch – wir gehen gleich näher darauf ein – sollten Maria Brogan und Brian Lester über kurz oder lang das Gesprächsthema Nummer eins sein.

Am Samstag darauf gelang es Brian endlich, mit Maria zu sprechen. Er hatte es gewagt, das junge Mädchen nach der Schule abzupassen. Als sie ihn entdeckte, begrüßte sie ihn freundlich: »Hallo, Brian!«
Brian senkte den Kopf, denn er wusste nicht, wie er beginnen sollte.
»Maria ... Ich wollte dir sagen ...«
Und dann wagte er den Sprung ins kalte Wasser und gestand ihr alles: Wie er sich bereits bei der ersten Begegnung Hals über Kopf in sie verliebt habe und jeden Sonntag in der Messe voller Entzücken sei, wenn er sie singen höre.
Zu seiner großen Überraschung wirkte Maria keineswegs schockiert über seine Liebeserklärung, eher ein wenig irritiert. Dann sprach sie folgende unglaubliche Worte aus: »Brian, ich liebe dich auch.«
Brian Lester wusste nicht mehr, wie ihm geschah. Nach langem Schweigen fragte er sie: »Willst du mich heiraten?«
Und Maria sagte Ja ... Sie waren wie verzaubert, wagten nicht, an ihr Glück zu glauben. Wieder breitete sich

Stille aus, die Maria beendete, indem sie einen Seufzer ausstieß: »Unsere Eltern werden nie und nimmer …«
Denn von diesem Augenblick an wollten Brian und Maria wirklich heiraten. Und zwar sofort! Sie dachten gar nicht darüber nach, dass ihre Familien ohne weiteres ihrer Ehe zustimmen würden, wenn sie noch zwei oder drei Jahre warteten, schließlich stammten beide aus dem gleichen sozialen Milieu.
Dabei war es aber genau dieses Milieu, dem sie entfliehen wollten. Nach jenem unvergesslichen Tag trafen sie sich mehrere Male heimlich und ihr Entschluss festigte sich immer mehr. Sie würden sich gegen die Erziehung, die sie erfahren hatten und die sie nicht mehr ertrugen, auflehnen. Um das Leben zu leben, das sie jetzt gewählt hatten, würden sie Boston hinter sich lassen, diese erdrückende, geschlossene Gesellschaft. Sie würden als Mann und Frau alles miteinander teilen.
Innerhalb weniger Tage wurden die Tochter des Pastors, die so rührend in ihrer Bescheidenheit war, und der reiche Erbe einer Textilfabrik rebellierende junge Leute …
An einem Abend im März 1949 trafen sich auf einem Bahnsteig des Bahnhofs von Boston zwei dunkle Gestalten. Maria trug in ihrer Handtasche einige persönliche Schmuckstücke bei sich, Brian hatte sein Taschengeld für den März dabei. Es war nicht allzu viel, doch wollten sie ihre Eltern nicht bestehlen aus Angst, dass diese sie anzeigen und die Polizei ihre Verfolgung aufnehmen würde. Sie würden ja so oder so gesucht werden, da sie noch minderjährig waren, aber das war jetzt weniger gravierend.
Brian und Maria fuhren mit dem Zug durch ganz Amerika. Und am übernächsten Tag befanden sie sich in

einer anderen Welt. Das Wetter war schön, ja, es war sogar sehr heiß. Überall sahen sie Leuchtreklamen, Cabarets und Kasinos, die vierundzwanzig Stunden geöffnet hatten. Sie befanden sich mitten in der Wüste von Nevada, in Las Vegas, der Spielermetropole der Vereinigten Staaten …

Doch hatten die beiden jungen Leute keineswegs die Absicht, die Spielhöllen zu besuchen. Las Vegas ist auch die Stadt, in der am laufenden Band geheiratet wird. Auf beiden Seiten der großen Hauptstraßen befinden sich kleine Kapellen, erbaut im Far-West-Stil, an denen blinkende Neonschilder »Blitzheirat« verkünden. Es blieb ihnen nur die Qual der Wahl. Arm in Arm stießen sie schließlich die Tür zu einer dieser Kapellen auf. Im Innern erwarteten sie ein Pastor sowie ein Standesbeamter von Nevada und zwei Personen, die als Trauzeugen dienen sollten.

Brian und Maria näherten sich dem Altar. Der Pastor trug seine Heiratsformel vor und erteilte ihnen den Segen. Der Standesbeamte bat sie um ihre Papiere und trug die Daten in sein Register ein. Danach waren sie Mann und Frau, Herr und Frau Lester. Das Abenteuer begann …

Schließlich mussten sie ja ihren Lebensunterhalt verdienen. Brian und Maria ließen sich mit dem restlichen Geld in Washington nieder. Im Augenblick hatten sie keine Nachrichten von ihren Familien, doch gaben sie sich keiner Illusion hin: Mit Sicherheit würde man nach ihnen suchen.

Sie zogen in ein Einzimmerapartment in der Innenstadt. Um überleben zu können, nahm Brian eine Arbeit als Lagerverwalter in einem Lebensmittelgeschäft an. Mit den paar Dollar, die er wöchentlich heim-

brachte, waren sie allerdings gerade in der Lage, ihre Miete zu zahlen und Lebensmittel einzukaufen. Maria versuchte vergeblich, eine Arbeit für sich zu finden.
Nach ein paar Wochen zwischen Glück und Elend erkannte das junge Paar, dass es etwas anderes finden musste, so konnte es nicht weitergehen! Es stand jedoch nicht zur Frage zu kapitulieren, nach Boston zurückzukehren und mit Büßermiene die Eltern um Verzeihung zu bitten. Brian und Maria hatten sich für ihr gemeinsames Leben entschieden und nun mussten sie es durchziehen. Sie durften sich nicht entmutigen lassen. Brian sollte eigentlich mit seiner Begabung für Naturwissenschaften eine Arbeit finden, die seinen Fähigkeiten entsprach.
Eines Abends, als sie gerade den Inhalt der einzigen Konservendose vertilgt hatten, die ihnen als Mahlzeit diente, stieß Brian, der gedankenlos in einer Zeitschrift geblättert hatte, plötzlich einen Schrei aus.
Er las gerade einen Artikel über Hugo Hedin, den Falschmünzer, der kürzlich festgenommen worden war. Der Journalist beschrieb ausführlich das einfallsreiche System, das Hedin beim Druck falscher Dollar angewandt hatte. Die Beschreibung strotzte nur so vor technischen Fachbegriffen und war für einen gewöhnlichen Sterblichen sicherlich unverständlich, doch Brian verstand jedes Wort.
Es handelte sich um einen sehr komplizierten, sowohl fotografischen als auch chemischen Vorgang. Bestimmte Details waren, sicherlich mit Absicht, weggelassen worden, aber wenn man sich ernsthaft damit beschäftigte, würde man sie bestimmt rekonstruieren können.
Brian ließ die Zeitschrift sinken. Maria bemerkte die

Gemütsbewegung in seinem Gesicht und zeigte sich etwas besorgt. Er beruhigte sie jedoch und erklärte ihr zärtlich: »Mein Liebling, ich weiß jetzt, was wir machen werden. Wir werden Falschgeld herstellen.«

Da diese Vorstellung so ungeheuerlich erschien, brachte Maria keinen Einwand vor. Sie umarmte ihn lediglich und sagte: »Ich bin sicher, dass es dir gelingen wird, Brian.«

Und Brian Lester machte sich sofort an die Arbeit. Zuerst musste er sich die notwendigen technischen Kenntnisse aneignen, um den gesamten Vorgang zu verstehen. Also belegte er Abendkurse in Fotografie und Chemie.

Jeden Tag, nachdem er seine Arbeit im Lebensmittelgeschäft erledigt hatte, besuchte er den Abendkurs. Er studierte voller Eifer und kehrte erst spät nach Hause zurück. Maria machte ihm keinerlei Vorwurf, denn sie vertraute ihm blind. Sie war nämlich überzeugt davon, dass er es schaffen würde und dass sie bald reich sein würden.

Nach drei Monaten erklärte ihr Brian mit triumphierendem Lächeln, dass er fertig sei. Er brauche jetzt nur noch sein Labor einzurichten und dann könne es losgehen.

Um die nötigen Apparate anschaffen zu können, verkaufte Maria ihren gesamten Schmuck. Bald verwandelte sich der kleine Waschraum ihres Apartments in eine Dunkelkammer, in der jede Menge Reagenzgläser und Retorten standen. Jeden Abend, wenn Brian von der Arbeit nach Hause kam, schloss er sich hier ein. Anfangs war es entmutigend. Er überlegte sogar, ob es sich bei dem Artikel nicht um eine Zeitungsente gehandelt hatte, um einen Scherz auf Kosten naiver Ge-

müter wie ihm, die so töricht waren, sich vorzustellen, dass man Falschgeld selbst herstellen könnte.
Irgendein Gefühl jedoch sagte ihm, dass er sich nicht täuschte. Der ganze Vorgang war wissenschaftlich fundiert. Es war also lediglich eine Frage der Dosierung, der Geschicklichkeit.
Und in einer Nacht des Jahres 1949 weckte er Maria auf, die nebenan schlief, und hielt ihr ein kleines, grünes, noch feuchtes, rechteckiges Stück Papier unter die Nase.
»Liebling, ich habe es geschafft. Schau, das ist eine Fünfdollarnote. Ich habe jetzt alles kapiert. Ich kann hunderte, ja tausende davon herstellen. Wir sind gerettet, wir sind reich und können hingehen, wohin wir wollen. Niemand wird uns je finden ...«

Am Morgen des folgenden Tages verließen Maria und Brian Lester Washington. Brian schleppte in zwei schweren Koffern alles mit, was nötig war, um Millionen von Dollar herzustellen. Doch weder Brian noch Maria wirkten wie Falschmünzer oder Gauner. Für sie bedeutete dies lediglich eine Fortsetzung ihres Abenteuers. Sie liebten sich und waren zusammen erst fünfunddreißig Jahre alt.

September 1950. Die Abteilung des Geheimdienstes der amerikanischen Bundespolizei, die für das Geld zuständig ist, stand unter großem Druck. Seit ungefähr einem Jahr verfolgte sie eine besonders gefährliche Bande von Falschmünzern, die im ganzen Land gefälschte Fünf-, Zehn- und Zwanzigdollarscheine in Umlauf setzte. Die Vorgehensweise der Verbrecher wies zwei Merkmale auf, die die Aufgabe der Polizei

ungeheuer erschwerten. Erstens waren sie überaus mobil oder hatten im ganzen Land Verbindungen, denn das Falschgeld war von der Ost- bis zur Westküste verbreitet. Zweitens war die Qualität des Falschgeldes höchst bemerkenswert. Kein Kaufmann vermochte festzustellen, ob es sich um Falschgeld handelte oder nicht. Lediglich die Nummern entlarvten die Scheine und das Papier, wenn es von Spezialisten untersucht wurde. Das angewandte Verfahren erinnerte an das des Falschmünzers Hugo Hedin, der seit einem Jahr im Gefängnis saß. Er schien sein Geheimnis Komplizen anvertraut zu haben, die nun auf eigene Rechnung weitermachten.
Die polizeiliche Ermittlung trat auf der Stelle. Auch wenn man Hugo Hedin in seiner Zelle noch so zusetzte, schwor er tausend Eide, dass er nichts damit zu tun habe, und er wirkte aufrichtig. Die traditionellen Methoden führten ebenfalls zu keinem Ergebnis. Auch die Polizeispitzel konnten nichts in Erfahrung bringen. Die Verbrechermilieus in New York und Chicago, die Mafia, die Gangs, denen man ein solches Unternehmen zutraute, wurden streng überwacht. Und die Polizei musste sich eingestehen, dass sie überhaupt nicht vorankam.
Ja, der Geheimdienst war verblüfft. Er war mit einer neuen Bande konfrontiert, die nichts mit dem traditionellen Milieu zu tun hatte. Unter diesen Umständen konnte man dem Treiben nur ein Ende setzen, wenn man eines seiner Mitglieder auf frischer Tat ertappte.
Inzwischen reisten Maria und Brian Lester weiterhin quer durch Amerika. Sie hatten das Gefühl, ständig Ferien zu haben, die Schule zu schwänzen. Sie wählten auf der Landkarte eine Stadt aus, nahmen den Zug und

ließen sich dort an einem kleinen ruhigen Ort nieder. Brian packte sein Zubehör aus, seine Fotoausrüstung, seine Reagenzgläser und Retorten, und machte sich an die Arbeit. Wenn die Scheine trocken waren, gab er Maria ein Bündel, damit sie mit dem Geld einkaufen ging.
Maria machte dieses Spiel ungeheuren Spaß. Nach kurzer Zeit hatte sie sich ihre Gewohnheiten zugelegt. Sie liebte Süßigkeiten. Also lenkte sie ihre Schritte immer als Erstes zu einem Süßwarengeschäft, um dort ihre falschen Dollar loszuwerden. Sie kaufte dann tütenweise Bonbons, Geleefrüchte und Schokolade und verließ den Laden voll bepackt. Sie hatte sich damit für ihren jeweiligen Aufenthalt eingedeckt, denn sie hielten sich an jedem Ort ungefähr drei Wochen auf.
Wenn sie ein paar tausend Dollar ausgegeben hatten, griffen sie wieder nach der Landkarte Amerikas. Maria schloss die Augen und tippte mit dem Finger auf einen Punkt. Dorthin würden sie als Nächstes fahren.
Maria und Brian Lester waren glücklich. Sie dachten nicht an die Zukunft, sondern lebten einen Traum. Brian freute sich wie ein Kind über seine Falschgeld-Ausrüstung und Maria eilte in jeder neuen Stadt wie ein Schulmädchen zum Süßwarenladen.
Um die Bevölkerung nicht zu beunruhigen, hatte der Geheimdienst beschlossen, über den Umlauf von Falschgeld Schweigen zu bewahren. Da aber das Ganze immer größere Ausmaße angenommen hatte, musste unbedingt gehandelt werden.
Im Büro des mit der Untersuchung beauftragten Polizisten versammelte sich im September 1950 ein regelrechter Kriegsrat. Die Polizisten hatten die Liste der Geschäfte vor sich liegen, in denen das Falschgeld auf-

getaucht war. Es handelte sich um Tankstellen, Supermärkte, Restaurants und Lebensmittelläden. Bei dieser Gelegenheit machte einer der Inspektoren eine überraschende Feststellung: »Es ist seltsam. In allen Städten ist ein Süßwarenladen auf der Liste.«
Die Polizisten untersuchten die Angelegenheit voller Skepsis. Ja, es stimmte. Doch was bedeutete das? Vielleicht war es eine Art Herausforderung, ein Trick, um die Polizei irrezuführen. Auf jeden Fall hatte man zum ersten Mal eine Chance, die Falschmünzer, die sogleich den Spitznamen »die Süßwarenbande« erhielten, zu erwischen.
In jeder Stadt, in der die Falschmünzer noch nicht gewesen waren, erteilte der Geheimdienst den Verantwortlichen der Lokalpolizei folgende Anweisungen: Überwachung der Süßwarenläden und diskrete Verfolgung jeder Person, die einen Großeinkauf machte und mit Fünf-, Zehn- und Zwanzigdollarscheinen bezahlte.
Der Polizeibeamte von Salem, Nordkarolina, war über diesen erstaunlichen Rundbrief des Geheimdienstes genauso überrascht wie seine Amtskollegen. In Salem gab es zwei Süßwarengeschäfte. Er rief sie an und bat sie, ihm jeden größeren Einkauf, der mit kleineren Scheinen bezahlt wurde, zu melden.
Der Polizeibeamte bekam noch am selben Nachmittag einen Anruf von einem der Süßwarenhändler.
»Ein junges Mädchen hat gerade für 75 Dollar eingekauft und alles mit Fünfdollarnoten bezahlt.«
Dank der Beschreibung des Süßwarenhändlers gelang es der Polizei, das junge Mädchen in einem anderen Geschäft der Stadt ausfindig zu machen. Nachdem Maria ihre Einkäufe erledigt hatte, kehrte sie in ein

kleines möbliertes Apartment zurück. Unverzüglich wurden die Geldscheine, mit denen sie bezahlt hatte, geprüft. Sie waren eindeutig gefälscht.
Am nächsten Tag wurde die Wohnung von einer wahren Polizeiarmee umstellt. Der ganze Häuserblock war eingekreist. Die Polizisten trugen kugelsichere Westen, da sie mit einer stürmischen Festnahme, vielleicht einer Belagerung, rechneten.
Ein Polizist, in Begleitung von etwa zehn Männern, läutete an der Tür. Die junge Frau öffnete. Sie schoben sie zur Seite und drangen in das Innere der Wohnung ein.
Hier standen sie einem jungen Mann, fast noch einem Knaben, gegenüber. Der Polizist herrschte ihn an: »Wo sind die anderen? Wo sind deine Komplizen?«
Brian stammelte verängstigt: »Was für Komplizen?«
Nachdem die Polizisten die Wohnung auf den Kopf gestellt und das Paar ausführlich befragt hatten, mussten sie zugeben: Maria und Brian Lester, achtzehn und neunzehn, beide Kinder aus besten Kreisen, hatten keine Komplizen. Sie beide, sie allein, hatten innerhalb eines Jahres das Land mit einer Million gefälschter Dollar überschwemmt.
Diese beiden jungen Leute, die fast noch Kinder waren, hatten den Geheimdienst an der Nase herumgeführt. Und sie hätten noch lange so weitermachen können, wenn sie sich nicht wie Kinder verhalten hätten, wenn die Naschkatze Maria ihrer Lust auf Süßes hätte widerstehen können …
Die Öffentlichkeit erfuhr zur gleichen Zeit vom Umlauf der Blüten und der Identität des ungewöhnlichen Paares. Ohne Umschweife wurde ihm der Prozess gemacht. Vermutlich aufgrund des jugendlichen Alters

von Brian und Maria Lester fiel das Urteil relativ milde aus: zehn beziehungsweise acht Jahre Gefängnis. Das war 1950. Heute sind sie längst wieder auf freiem Fuß, längst erwachsen und vermutlich bereits Großeltern. Dank Brians naturwissenschaftlicher Begabung ist es ihnen bestimmt gelungen, ihren Lebensunterhalt auf anständige Weise zu bestreiten. Und Maria Lester konnte sicherlich wieder Bonbons für ihre Kinder und dann für ihre Enkel kaufen. Dieses Mal aber mit echten Dollar.

Slawische Post-Impressionen

Frankreich, 1993. Monsieur Niccolini, der in Nizza einen guten Ruf als Gemäldehändler genoss, schlug an jenem Tag den *Nice-Matin*, seine Lieblingszeitung, auf. Während des Frühstücks wollte er sich über die Lokalnachrichten und alles, was in Frankreich passiert war, informieren. Doch an jenem Tag rührte Monsieur Niccolini sein Frühstück nicht an, da ihm der Appetit vergangen war. Unterhalb seiner gemütlichen, kunstvoll eingerichteten Wohnung, die mit Gemälden mehr oder weniger bekannter Meister ausgeschmückt war, befand sich eine Galerie, in der ausschließlich Bilder in leuchtenden Farben, die Lebensfreude ausdrückten, hingen. Sie stammten aus allen Epochen und Ländern und ließen die Herzen der Kunstliebhaber in diesem von der Sonne verwöhnten Landstrich höher schlagen.

Monsieur Niccolini hatte gerade in seiner Tageszeitung einen sehr interessanten Artikel über eine russische Malschule gelesen. Es handelte sich um die berühmte »Kiewer Schule«, zu der vor allem postimpressionistische Maler gehörten, von denen einige noch lebten. Dazu sollte man kurz einen Blick zurückwerfen. Nach dem Zusammenbruch der Sowjetunion, nach der Liberalisierung des künstlerischen Austauschs zwischen der ehemaligen Sowjetunion und dem Westen und aufgrund des enormen Bedarfs an

westlichen Devisen, entstand eine starke Bewegung und Franzosen, Engländer und Amerikaner entdeckten voller Begeisterung eine Gruppe slawischer Maler, die beeindruckende, farbige, fast primitive, sinnliche, etwas altmodische Werke schufen, die dennoch viel Verve besaßen. Diese Bilder waren für Mitteleuropäer völlig ungewohnt.
Sogleich wurde in Paris, im Auktionsgebäude des Hôtel des Ventes, der Verkauf der Gemälde organisiert. Die Preise waren noch erschwinglich, da der Wert der bis dahin unbekannten Künstler noch nicht feststand. Mit etwas Glück oder Instinkt konnte man hier einige Werke erwerben, die in den kommenden Monaten an Wert gewinnen und vielleicht sogar viel Geld einbringen würden. Es meldeten sich bereits Experten zu Wort und es wurde eine Importgesellschaft namens »Slawische Kunst« gegründet. Nicht jedem war es schließlich gegeben, sich auf unbekannte Maler aus der Ukraine einzulassen, mit Künstlern und ihren Agenten zu verhandeln, Bilder einzuführen und den Verkauf zu organisieren. All das kostete viel Mühe, Zeit und Geld. Und wer hätte sich besser dafür geeignet als eine hübsche Russin, die es verstand, sich durchzusetzen.
Es handelte sich um Lila Massimonova, eine attraktive Blondine mit Pariser Flair, die ideale Vermittlerin, da sie zugleich die Gattin eines französischen Händlers war. Die schöne Lila organisierte regelmäßig Auktionen, bei denen Hunderte von Bildern gekauft wurden. Sie war die Expertin, die man über die Biografie der Maler befragen konnte, über ihre Vorläufer und die Verkaufschancen der Bilder. Vier Mal pro Jahr begab sie sich nach Kiew, wo ein ganzes Netz von Kundenfängern ihr die Werke meldete, die Familien verkaufen

wollten, und sie über interessante, doch bis dahin verkannte Künstler, ja über all das, was eine Schule ausmachte, eben die brandneue und faszinierende »Kiewer Schule«, informierte.
Monsieur Niccolini erhielt, dank seines Alters und seiner Erfahrung sowie aufgrund seines Rufs in Nizza, regelmäßig farbige Kataloge, die den Gemäldeverkauf der »Kiewer Schule« ankündigten. Diese Kataloge erwähnten in Form detaillierter Listen den etwaigen Schätzwert, das heißt die für jedes einzelne Werk zu erwartenden und angenommenen Preise sowie alle technischen Einzelheiten – Art der Malerei, Untergrund, Dimensionen, Zustand des Werks, Unterschrift, Datum et cetera.
Monsieur Niccolini rief also Madame Massimonova oder ihren Mitarbeiter, Monsieur Alexandre Nerdeieff, an. Er gab eine Bestellung für bestimmte Gemälde auf und nannte den Höchstpreis, den er bezahlen würde, um das jeweilige Bild zu erwerben. Dazu kamen die Spesen und der Transport. Aber dies verstand sich eigentlich von selbst.
Ein paar Tage nach dem Kauf sah Monsieur Niccolini, dem man die Liste der Gemälde, deren Eigentümer er geworden war, übersandt und den zu entrichtenden Gesamtpreis mitgeteilt hatte, zu, wie seine Neuerwerbungen per Lastwagen gebracht wurden. Er war nicht enttäuscht, obwohl man oft den Farbreproduktionen der Kataloge misstrauen musste, da sie die Tendenz hatten, die Paletten der Künstler zu ihrem Vorteil zu verfälschen. Und Monsieur Niccolini zögerte nicht, die Gemälde – nackte Frauen, Landschaften, Stillleben – der interessanten »Kiewer Schule« mit gutem Gewinn weiterzuverkaufen. Im Übrigen ließ ihm Madame

Massimonova ausführliche Unterlagen über jeden der Künstler zukommen, die in der Umgebung von Kiew Tag für Tag kunstvoll ihre »post-impressionistischen« Eindrücke auf die Leinwand zauberten.
Als Monsieur Niccolini an jenem Morgen seine Zeitung aufschlug, war er im höchsten Maße aufgebracht, als er las, dass die Polizei bei Madame Lila Massimonova, der blonden Expertin, eine Haussuchung durchgeführt hatte, um die Einkünfte der Dame zu überprüfen. Die regelmäßigen Auktionen, die sie in Paris veranstaltete, brachten ihr einen durch das Gesetz festgelegten Anteil am Erlös ein, und da der Verkaufspreis jedes Gemäldes offiziell in die Register des Auktionators eingetragen wird, wunderte sich die Steuerbehörde, dass in der Steuererklärung der Dame diese Zahlen nicht angegeben waren.
Als die Polizisten die Villa von Lila Massimonova betraten, staunten sie über die Geschäftigkeit, die hier herrschte. Sie entdeckten in zehn Atelierzimmern zehn Maler, alle aus der Ukraine, die damit beschäftigt waren, post-impressionistische Gemälde der »Kiewer Schule« anzufertigen. Aber statt die slawische Landschaft ihrer Kindheit zu malen, betrachteten sie durch geöffnete Fenster die Landschaft von Seine und Marne. Ihre russischen Inspirationen schöpften sie aus alten Postkarten.
Die Untersuchung ergab, dass die schöne Lila dafür gesorgt hatte, dass viele Künstler aus der Umgebung von Kiew nach Paris kamen und, mit einem Touristenvisum ausgestattet, die gute Luft in der Gegend von Seine und Marne genossen. Ohne eine offizielle Arbeitserlaubnis zu besitzen, fertigten sie unter dem Dach der Expertin die vielen Gemälde der berühmten

»Kiewer Schule« an. Die Polizei beschlagnahmte nicht weniger als viertausend Bilder.
Auf einen Schlag sank der Kurswert dieser Maler. Man musste abwarten, bis sich die Dinge wieder etwas beruhigt hatten. Madame Massimonova und ihr französischer Gatte, Eigentümer der Firma »Slawische Kunst«, sowie Monsieur Nerdeieff, ein intimer Freund des Paares, mussten sich verantworten. Die Auktionatoren, die die Authentizität der verkauften Gegenstände garantiert hatten, hätten sich danach am liebsten in ein Mauseloch verkrochen.

Der Sonnenstich

Die Sprechstundenhilfe öffnete die Tür des Wartezimmers.

»Monsieur Honoré Duval, bitte.«

Ein Mann zwischen dreißig und vierzig Jahren erhob sich. Er war athletisch gebaut und stark gebräunt; seine Gesichtszüge wirkten wie gemeißelt. Kurz darauf war er im Sprechzimmer des Arztes. Dieser sagte beruhigend zu ihm: »Keine Angst, Monsieur Duval, es handelt sich nur um eine Formalität. Aber in Anbetracht der Höhe Ihrer Lebensversicherung ist die Untersuchung unerlässlich. Bitte machen Sie sich frei.«

Honoré Duval kam der Bitte nach. Er war zweifelsohne ein schöner Mann, die personifizierte Gesundheit. Er sah auch die Notwendigkeit dieser Untersuchung ein: Eine Versicherungssumme von vier Millionen Franc (über 600 000 Euro heute), die im Fall seines Todes ausbezahlt werden sollte, war schließlich keine Kleinigkeit. 1947 war das sogar eine ziemlich beträchtliche Summe und es war normal, dass die Versicherungsgesellschaft sich absicherte.

Nach einer kurzen Untersuchung teilte ihm der Arzt das Ergebnis mit.

»Sie sind in Hochform, Herz, Leber und Lunge, alles ist ausgezeichnet. Ich werde der Versicherungsgesellschaft einen positiven Bescheid geben.«

Der Arzt unterhielt sich noch ein paar Minuten mit seinem Patienten. Dann begleitete er ihn zur Tür: »Sagen Sie, Monsieur Duval, Sie sind wohl viel herumgereist, so braun wie Sie sind?«

»Nun, ich komme aus den Kolonien. Doch ich heirate nächste Woche und habe vor, mich in Frankreich niederzulassen.«

Honoré Duval heiratete eine Woche später tatsächlich. Er hatte Bernadette vor einem Jahr kennen gelernt, als er aus Äquatorialafrika zurückgekehrt war. Er, der alte Kolonist, der alle möglichen Berufe ausgeübt hatte, und die junge Pariserin aus guter Familie hatten sich auf den ersten Blick ineinander verliebt.

Die Hochzeit war ein großes Ereignis. Ihre Familien und alle Freunde nahmen daran teil. Honoré und Bernadette wussten noch nicht genau, wie sie die Zukunft gestalten würden. Sie wollten erst einmal nur an die Gegenwart denken und ihre Flitterwochen an der Côte d'Azur verbringen. Es war jetzt Juni und sie beabsichtigten den ganzen August dort zu bleiben. Eines stand fest: Sie hatten viel Zeit. Gerade 1947 sollte der Sommer besonders heiß werden.

14. August 1947. Die Versicherungsgesellschaft, die das Leben von Honoré Duval versichert hatte, erhielt einen Anruf. Es war Bernadette Duval, die aus Nizza anrief. Sie wollte den Direktor sprechen, konnte kaum reden, so aufgeregt war sie.

»Es ist schrecklich ... Mein Mann ist gestern gestorben ... An einem Sonnenstich ... Ich sende Ihnen den Totenschein zu.«

Da ihr Gesprächspartner schwieg, fuhr Madame Duval fort: »Wie lange dauert es Ihrer Meinung nach, bis die Summe ausbezahlt wird?«

Nachdem der Direktor der Witwe sein Beileid ausgesprochen hatte, erwiderte er ziemlich unverbindlich, dass die Summe so bald wie möglich angewiesen würde. Nachdenklich legte er den Hörer auf und ließ sich den ärztlichen Untersuchungsbericht über Honoré Duval bringen. Die Angelegenheit bereitete ihm nämlich ziemliches Kopfzerbrechen.

Der Tod eines offensichtlich kerngesunden Mannes vierzehn Tage nach Abschluss der Lebensversicherung erschien ihm verdächtig. Hätte es sich um einen Unfall gehandelt, lägen die Dinge natürlich anders. Aber ein Sonnenstich, das sah ganz danach aus, als ob etwas verheimlicht werden sollte. Vielleicht hatte man es mit einem Selbstmord zu tun oder sogar – warum auch nicht? – mit Mord …

Der Direktor beschloss, den Versicherungsdetektiv einzuschalten.

Louis Bertin, der Detektiv, war erst dreiundzwanzig. Es war der erste wichtige Fall, der ihm übertragen wurde. Infolgedessen war er entschlossen, seine Untersuchung mit der größten Sorgfalt durchzuführen.

Bevor er nach Südfrankreich reiste, erkundigte er sich über die Vergangenheit von Honoré Duval. Er hoffte, vielleicht etwas Interessantes zu erfahren. Und er täuschte sich nicht, denn das Vorstrafenregister des Versicherten war nicht gerade gering, ganz im Gegenteil. Duval war in Französisch-Äquatorialafrika mehrmals in zwielichtigen Schwarzhandel verwickelt gewesen, was ihm zwei Jahre Gefängnis auf Bewährung eingebracht hatte. Er war sogar bei Interpol registriert, da er sich einige Zeit in Britisch-Nigeria versteckt hatte, und außerdem war ein internationaler Haftbefehl gegen ihn erlassen worden.

Am 15. August 1947 stieg Louis Bertin in den Zug nach Nizza. Er spürte, dass er einer großen Sache hinterher war. Honoré Duval war tot und das war das Einzige, was feststand. Doch unter welchen Umständen war er gestorben? Das war die Frage. Vermutlich war er vergiftet worden, wie auch der Direktor annahm. Und genau das sollte er beweisen. Er musste also mit Scharfsinn, aber gleichzeitig auch mit Takt vorgehen.
Nach seiner Ankunft in Nizza begab sich der junge Detektiv direkt zur Villa, in der die Duvals gewohnt hatten. Wirklich, es war fürchterlich heiß. Als er nach einem viertelstündigen Fußmarsch bei der angegebenen Adresse anlangte, war er von Kopf bis Fuß schweißgebadet.
Eine Frau um die dreißig öffnete ihm. Trotz der Hitze trug sie ein strenges schwarzes Kleid. Sie machte einen zutiefst betrübten Eindruck.
Louis Bertin fühlte sich unwohl. Sein anfänglicher Elan war etwas gedämpft. Vielleicht handelte es sich wirklich ganz einfach nur um ein schreckliches Drama, bei dem eine Frau ihren Ehemann gleich zu Beginn der Flitterwochen verloren hatte. Der Detektiv sagte mit fast ehrerbietiger Stimme: »Madame, ich bin untröstlich, dass ich Sie unter diesen tragischen Umständen belästigen muss, aber die Versicherungsgesellschaft schickt mich, damit die üblichen Formalitäten erfüllt werden.«
Die Witwe forderte ihn mit einer gleichgültigen Bewegung auf einzutreten. Der junge Detektiv fühlte sich unbehaglich, als er die Villa mit den zugezogenen Vorhängen betrat. Es herrschte eine düstere Stimmung, während draußen Ferienlaune und Sorglosigkeit für Heiterkeit sorgten und die Sonne schien. Er hatte

Schuldgefühle, diese Trauer zu stören. Seine anfängliche Begeisterung war wie weggeblasen. Doch dann fasste er sich wieder: Er musste seine Aufgabe erfüllen.
»Madame, ich muss Sie im Namen meiner Versicherungsgesellschaft fragen, unter welchen Umständen Ihr Mann gestorben ist.«
Bernadette Duval riss sich mit übermenschlicher Kraft zusammen. Sie sprach mit tonloser, fast mechanischer Stimme.
»Das war vor drei Tagen. Als wir vom Strand zurückkehrten, fühlte sich Honoré plötzlich unwohl. Er legte sich hin und ich rief den Arzt. Der hat dann einen Sonnenstich diagnostiziert. Als der Arzt sich verabschiedete, hat er mir anvertraut, dass er sehr besorgt sei und dass man, wenn sich der Zustand meines Mannes nicht schnell bessern würde, ihn in die Klinik bringen müsse. Nur drei Stunden später war Honoré tot. Ich habe wieder den Arzt gerufen, doch der konnte nur noch den Tod feststellen. Gestern wurde Honoré auf dem Friedhof von Nizza beerdigt.«
Madame Duval schluchzte leise vor sich hin. »Bitte, lassen Sie mich jetzt allein.«
Louis Bertin verabschiedete sich. Nein, der Fall lag keineswegs so, wie er ihn sich vorgestellt hatte. Honoré Duval schien tatsächlich an einem Sonnenstich gestorben zu sein.
Da der Detektiv jedoch sehr gewissenhaft war, beschloss er, vor seiner Rückkehr nach Paris den besagten Arzt aufzusuchen, der den Totenschein unterschrieben hatte.
Dieser empfing ihn ziemlich ungnädig.
»Was soll ich Ihnen Ihrer Meinung nach sagen? Der Mann ist an einem Sonnenstich gestorben, basta.«

Der Detektiv erlaubte sich die Frage: »Eine Vergiftung halten Sie für ausgeschlossen?«
Der Arzt nahm ihm diese Bemerkung sehr übel: »Ich beherrsche meinen Beruf, das dürfen Sie mir glauben. Dieser Mann ist einem Sonnenstich erlegen. Und jetzt lassen Sie mich in Ruhe, ich muss arbeiten …«
Als Louis Bertin die Arztpraxis verließ, war er sichtlich enttäuscht. Die Hitze war erdrückend. Bei solchen Temperaturen war es nicht verwunderlich, dass ein Mann, auch wenn er kerngesund war, starb, wenn er sich zu intensiv der Sonne aussetzte. Für seine erste Untersuchung war das zwar ein enttäuschendes Ergebnis, aber man musste den Tatsachen ins Auge sehen. Der Tod des jungen Ehemannes, zwei Tage nach der Hochzeit, war nur ein tragischer Zufall. Die Gesellschaft musste die Versicherungssumme umgehend an die Witwe, die so hart geprüft worden war, überweisen.
Louis Bertin kehrte nach Paris zurück und legte dem Direktor seinen Bericht vor. Er hatte nichts gefunden. Der Totenschein und die Bestattungsfreigabe waren in Ordnung und der Arztbericht war eindeutig: Es handelte sich um einen natürlichen Tod. Die Versicherungsgesellschaft musste folglich zahlen.
Und die Gesellschaft zahlte tatsächlich: vier Millionen Franc, ein Vermögen. Madame Duval, die inzwischen die Côte d'Azur verlassen hatte, hinterließ ihre neue Adresse in der Schweiz. Dort wollte sie künftig leben und dorthin wurde ihr auch die Versicherungssumme überwiesen.
Der Direktor der Versicherungsgesellschaft schloss die Akte mit einem Seufzer. Doch letztendlich ging man bei Versicherungen immer ein Risiko ein. Im Fall von Honoré Duval hatte die Gesellschaft keine Chance ge-

habt und der Unglückliche noch weniger. Der Fall war abgeschlossen.

März 1950. In Paris erhielt die Dienststelle von Interpol eine Mitteilung der Schweizer Polizei. Es ging um einen französischen Staatsangehörigen, der seit einigen Jahren in der Schweiz lebte. Er war kürzlich wegen Steuerhinterziehung verurteilt worden und man verdächtigte ihn, früher Straftaten in Frankreich begangen zu haben. Der Beamte von Interpol notierte sich gewissenhaft die Identität dieses Individuums. Er sah das Ganze als einfache Routineangelegenheit an.
»Es geht also um Honoré Duval, 1912 in Pantin geboren? Wir überprüfen alles und informieren Sie dann.«
Der Polizist fand die entsprechende Akte schnell. Tatsächlich hatte der Mann nach dem Krieg in Französisch-Äquatorialafrika mehrere Betrügereien begangen. Doch da gab es ein Detail, das ihn stutzen ließ: Unter der Akte stand in roter Schrift: »Verstorben am 12. August 1947«.
Der Polizist rief daraufhin seinen Schweizer Kollegen an und bat ihn, dies nachzuprüfen. Es konnte sich nur um einen Irrtum handeln. Doch der Fall war eindeutig. Er selbst hatte die Papiere des Mannes gesehen. Er bestätigte, dass der Name, der Vorname, Tag und Ort der Geburt korrekt waren.
Dieses Mal wurde seitens der französischen Polizei eine gründliche Untersuchung angeordnet. Und so entdeckte sie, unter welch seltsamen Umständen Honoré Duval fünfzehn Tage nach der Unterzeichnung einer hohen Lebensversicherung verstorben sein sollte.
Angesichts der verwirrenden Tatsachen verlangte die Polizei die Auslieferung von Honoré Duval. Die Aus-

lieferung erfolgte dann auch unmittelbar nach Duvals Verurteilung durch die Schweizer Justiz zu einer Geldstrafe und einer Gefängnisstrafe auf Bewährung.
Als der französische Kommissar, der mit der Untersuchung beauftragt war, Honoré Duval in seinem Büro in Empfang nahm, spürte er, dass er es mit einem ungewöhnlichen Fall zu tun hatte. Er betrachtete das Foto, das der Interpol-Akte beigefügt worden war, und verglich es mit dem Mann, der vor ihm stand. Er war es wirklich. Er nahm die Fingerabdrücke des Mannes und verglich auch sie noch einmal mit denen in der Akte: Es gab keinen Zweifel mehr, es war wirklich Honoré Duval.
Dann stellte er ihm die Frage, die ihm auf der Zunge brannte: »Monsieur Duval, wie haben Sie eigentlich Ihren Tod inszeniert?«
Honoré Duval lächelte. Er wirkte nicht einmal verärgert. Man spürte, dass er beinahe froh war, seine ungewöhnliche Geschichte erzählen zu können. Als er anfing zu reden, wurde er lebhaft. Ja, er war stolz auf die Tat, die er vollbracht hatte, und er hatte auch allen Grund dazu. Denn in der langen Reihe von Versicherungsbetrügereien war der Schwindel, den er im August 1947 begangen hatte, fast einmalig in seiner Art.
»Also, Herr Kommissar. Anfangs – ich bitte Sie, mir zu glauben – hatte ich nicht die Absicht, etwas Unrechtes zu tun. Ach ja, natürlich, früher habe ich ein paar Dummheiten begangen. Aber all das gehörte der Vergangenheit an. Als ich Bernadette kennen gelernt hatte, wollte ich wirklich mein Leben ändern. Die Versicherung, die ich abschloss, war für sie für den Fall, dass mir etwas zustoßen sollte. Ich versichere Ihnen, dass ich nicht die Absicht hatte zu betrügen.«

Der Kommissar war, ohne es zu zeigen, begierig, die Fortsetzung zu hören. Er sagte in einem Ton, der seine Neugier verriet: »Und doch haben Sie es getan.«

Honoré Duval zuckte schicksalsergeben mit den Schultern.

»Wissen Sie, Herr Kommissar, die Gelegenheit hat sich einfach ergeben und da ist mir die Idee gekommen. Eine solche Chance konnte ich nicht ungenutzt lassen. Es war der 12. August. Wie üblich waren Bernadette und ich den ganzen Tag am Strand. Ich weiß nicht, ob Sie sich erinnern, aber im August 1947 herrschte eine mörderische Hitze. Als wir in unsere Villa zurückkehrten, fühlte ich mich plötzlich sehr schlecht. Zweifellos hatte ich mir einen Sonnenstich geholt. Da kam mir der Gedanke an die vier Millionen. Ich erinnerte mich an etwas, das ich während meines Militärdienstes in den Kolonien gehört hatte. Wenn man bei einem Sonnenstich richtig krank werden wollte, musste man Chinin nehmen. In Nizza hatte ich zufällig ein Röhrchen bei mir. Und ich schluckte den ganzen Inhalt: 24 Tabletten.«

Honoré Duval bedachte den Kommissar mit einem breiten Grinsen.

»Ich muss gestehen, dass ich beinahe die größte Dummheit meines Lebens begangen hatte – und die letzte. Um ein Haar hätte ich das Zeitliche gesegnet. Meine Frau hat den Arzt gerufen, und als er eintraf, lag ich schon fast im Koma, ich war bereits bewusstlos. Ich erinnere mich an nichts.

Einige Stunden später kam ich wieder zu Bewusstsein. Mir war immer noch hundeelend. Ich sagte zu Bernadette, sie solle erneut den Arzt anrufen und ihm mitteilen, dass ich tot sei. Natürlich war das riskant. Wenn

er mich gründlich untersuchte, würde er den Schwindel entdecken. Aber meine Frau konnte ja immer noch behaupten, dass sie sich getäuscht habe.
Doch alles verlief ohne Probleme. Der Arzt fühlte sich aufgrund der unerträglichen Hitze selbst nicht wohl. Er war nur kurz bei uns und unterschrieb den Totenschein, ohne mich genauer zu untersuchen. Dann ging Bernadette aufs Bürgermeisteramt, um die Bestattungsformalitäten zu erledigen. Anschließend benachrichtigte sie die Familie und die Freunde, die am nächsten Tag eintrafen.«
Honoré Duval hielt inne. Sein Bericht machte ihm zu schaffen.
»Ach, Herr Kommissar, Sie können sich nicht vorstellen, wie überwältigend es ist, wenn man feststellt, wie sehr die Menschen einen lieben! Ich lag auf dem Bett und muss gestehen, dass ich seltsam beeindruckt war. Ich hatte mir Gesicht und Hände mit Permanganat eingerieben und war somit leicht grünlich.
Nie werde ich meinen Vater, meine Mutter, die ganze Familie, die Freunde, die herzzerreißenden Klagelaute vergessen, die sie ausstießen, all die Liebenswürdigkeiten, die sie über mich äußerten. Ich glaube, dieser Augenblick war der schwerste für mich. Ich war dermaßen aufgewühlt, dass ich mich am liebsten erhoben und ihnen gestanden hätte, dass ich nicht tot war. Ich schämte mich, ihnen einen solchen Schmerz zuzufügen. Aber ich dachte an die vier Millionen und rührte mich nicht.«
Honoré fuhr in heiterem Ton fort. Offensichtlich ziemlich amüsiert, beschrieb er die darauf folgenden Ereignisse.
»Bernadette und mir war allerdings bange vor der Einsargung. Kurz vor dem Eintreffen der Sargträger ver-

abschiedete sie sich von der Familie. Wir haben den Sarg mit einem Sandsack gefüllt und ich habe mich in einem Schrank versteckt. Als die Angestellten des Bestattungsinstituts läuteten, erklärte ihnen meine Frau, dass sie es nicht mehr ertragen habe, meinen Leichnam zu sehen, und dass die Familie ihr geholfen habe, mich in den Sarg zu betten. Sie glaubten es aufs Wort.
Und dann kam der Höhepunkt: meine Beerdigung. Der Trauerzug begann bei unserer Villa. Die ganze Familie folgte dem Sarg und trotz der Hitze verhielt sich die schwarz gekleidete Bernadette bewundernswert. Anfangs tat sie so, als ginge es ihr nicht gut. Sie musste gestützt werden, als sie hinter meinem Sarg herging. Ich selbst verfolgte die Szene von meinem Fenster aus, hinter geschlossenen Vorhängen. Ich versichere Ihnen, es ist ein seltsames Gefühl, an seiner eigenen Beerdigung teilzunehmen.«
Schließlich beendete Honoré Duval seinen Bericht.
»Später gab es natürlich eine Untersuchung. Die Versicherungsgesellschaft schickte einen Detektiv. Sie hätten sehen sollen, welche Komödie Bernadette ihm vorspielte. Ich befand mich im Nebenzimmer und um nichts in der Welt hätte ich ein Wort dieser Unterhaltung missen wollen.
Die Versicherungsgesellschaft hat bei der Auszahlung der Summe keine Schwierigkeiten gemacht. Bernadette war bereits in die Schweiz gereist und ich hatte beschlossen, noch eine Weile dort zu bleiben, bevor ich ihr nachfolgte. Bevor ich dann abgereist bin, habe ich mir ein letztes Vergnügen gegönnt. Ich ging zu meinem Grab und schmückte es mit Blumen. Die Millionen hatte ich dabei vergessen, aber ich werde mich mein Leben lang an diesen Augenblick erinnern …«

Trotz allem hatte das Gericht wenig Verständnis für die eher heitere Seite der Geschichte. Honoré Duval musste nicht nur die vier Millionen Franc zurückzahlen, sondern wurde zudem mit einer hohen Geldstrafe belegt, und er und Bernadette wurden zu zwei Jahren Gefängnis verurteilt.
Denn das Spiel mit dem eigenen Tod verdient letztlich keine Nachsicht, da es wahrlich nicht komisch ist.

Glücklich wie Ulysses …

Frankreich, Januar 1993. Ulysse Caulaert hatte vor langem eine wichtige Entscheidung getroffen: Er wollte unter keinen Umständen seinen Lebensunterhalt durch Arbeit verdienen. Und daran hielt er sich auch. Er war ständig unterwegs, zog von einer Stadt zur anderen und verdiente seinen Lebensunterhalt mit seiner Schlagfertigkeit, besser gesagt, er hinterließ überall Schulden. In diesem Jahr beging der achtundsechzigjährige Belgier den vierzigsten Jahrestag seiner Betrügereien – Zechprellerei und Ausstellung ungedeckter Schecks. Allerdings musste er sich auch eingestehen, dass es in dieser Zeit immer wieder Auseinandersetzungen mit der Justiz gegeben hatte. Zum dreizehnten Mal schon saß er wegen mehr oder weniger gravierender Delikte, die immer nach dem gleichen Strickmuster abgelaufen waren, auf der »Ehrenbank«. Ulysse war ein großer Reisender, der jedoch grundsätzlich jede Hotelrechnung schuldig blieb. Sein Rezept war einfach, aber wirkungsvoll. Mit seinem grauen Bart flößte er jedem sofort Vertrauen ein, umso mehr, als er dem Hotelbesitzer, bei dem er eine Nacht oder eine Woche Quartier bezog, eine rührende Geschichte auftischte. Man habe ihm seinen Koffer mit allen Papieren gestohlen, was besonders ärgerlich sei, da er Architekt wäre und einen wichtigen Termin hätte. Je nach Laune war er auch gelegentlich Gelehrter oder pensionierter

Polizist. Die Hotelbesitzer waren gerührt und bemühten sich nach Kräften, den charmanten älteren Herrn, dem so übel mitgespielt worden war, zu trösten.
Am nächsten Morgen machte sich Ulysse im Morgengrauen wieder auf den Weg, allerdings ohne seine Rechnung zu bezahlen. Die geprellten Hotelbesitzer erstatteten Anzeige, man erstellte ein Protokoll ihrer Aussagen und notierte die Beschreibung des »unverdächtigen« Herrn, der sich als Gauner erwiesen hatte und ständig seine Identität wechselte. Inzwischen war dieser Herr bereits wieder unterwegs auf der nächsten Etappe seiner Irrfahrt, seiner endlosen Reise, auf der er noch nie eine Hotelrechnung oder eine Fahrkarte bezahlt hatte. Sein Know-how war einmalig.
Noch am selben Abend stieg er in einem anderen Hotel ab. Mit angenehmer Stimme erzählte er mit den entsprechenden Variationen seine Geschichte. Um seine Worte zu unterstreichen, überreichte er in Ermangelung eines Ausweises (den man ihm ja zusammen mit dem Auto gestohlen hatte!) seine Visitenkarte (er besaß eine ganze Sammlung davon, die auf unterschiedliche Namen lauteten). Für einige Franc konnte man sich solche Karten in jedem Supermarkt ausdrucken lassen. Dank dieser Karten untermauerte er seine Angaben, Polizeiinspektor, Eisenbahner oder dergleichen zu sein. Und niemals vergaß er eine auch noch so kleine Einzelheit, die Vertrauen erweckte. Ganz automatisch erwähnte er jedes Mal, dass er der Ehrenlegion angehörte. Und das Auto, das ihm angeblich gestohlen worden war, war immer ein Jaguar, Audi oder Mercedes. Diese Bemerkung weckte das Vertrauen der Zuhörer. Außerdem rechtfertigte der Autodiebstahl seinen Hotelaufenthalt.

Ulysse, ein hervorragend organisierter Gauner, ergriff häufig die Vorsichtsmaßnahme, bei der örtlichen Polizei Strafanzeige zu erstatten, noch bevor er sich ins Hotelregister eintrug. Er bekam dann jeweils eine Kopie des Diebstahlprotokolls, was sich gut machte und die zukünftigen Opfer vollends überzeugte. Es blieb ihm dann nichts anderes mehr zu tun übrig, als die Speisekarte zu studieren und sich zum Trost ein köstliches Dinner zu gönnen. Wenn Ulysse die landesüblichen Spezialitäten sowie einen Rotwein der Spitzenklasse genoss, zog er alle Register seines Charmes. Gerne fragte er den Geschäftsführer des Restaurants um Rat und gab eine melodramatische Version seines traurigen Lebens zum Besten. Die Besitzer des jeweiligen Lokals waren tief erschüttert, wenn sie die traurige Geschichte dieses Mannes hörten, der für die einzige Leidenschaft in seinem Leben alles geopfert hatte.
Ulysse sagte, da er Tag und Nacht geschuftet habe, habe er im Privatleben alles verloren. Seine Frau habe ihn schließlich verlassen und ihm einen jüngeren, reicheren, weniger arbeitsamen Mann vorgezogen. Außerdem hätte er mit der Enttäuschung fertig werden müssen, von seinem Sohn, den er zu sehr geliebt und zu sehr verwöhnt habe, im Stich gelassen zu werden. Sein Sohn sei in die Ferne gezogen, nach Indien, Kanada oder Südamerika oder Gott weiß wohin, und habe seinem armen Vater, der sich für ihn aufgeopfert hatte, nicht einmal ein Lebenszeichen gegeben. An dieser Stelle des Berichts holte der Besitzer meistens eine gute Flasche Schnaps, um sein Mitgefühl für den armen Ulysse auszudrücken, dessen Schicksalsschläge nicht weniger gravierend waren als die, die in der *Ilias* geschildert werden.

Im Lauf der Jahre versuchte Ulysse seine Berichte mit vielen kleinen, der Wahrheit entsprechenden Einzelheiten auszumalen, die den Moment hinauszögerten, bis er angesichts der berechtigten Zweifel der Hotelbesitzer unbemerkt wieder das Weite suchen musste. So hatte er mehrmals Gelegenheit, ihnen vorzugaukeln, er sei Besitzer des belgischen »Palace-Hotels«. Gelegentlich trat er auch als Direktor eines Palasthotels in Ostende auf, und nichts hinderte ihn unter den gegebenen Umständen daran, die »laufenden Ausgaben« zu begleichen. Deshalb telefonierte er von seinem Hotelzimmer aus mehrmals nach Belgien und gab Anweisungen, damit dort auch alles ordnungsgemäß funktionierte.
Ein anderes Mal, als er seine Visitenkarte präsentierte, auf der er als internationaler »wissenschaftlicher Forscher« geführt wurde, gab er dem Ganzen noch einen letzten Pfiff, indem er sich in das benachbarte Postamt begab. Von dort aus rief er in dem Hotel an, in dem er gerade kostenlos wohnte, und hinterließ mit verstellter Stimme eine Nachricht, die ihm dann sogleich am Empfang überreicht wurde, als er zum Aperitif zurückkehrte. Die Nachricht lautete, dass der belgische Konsul ihn, Professor Henri Boulemans (seine derzeitige Identität), am nächsten Tag zu einer Konferenz in Bordeaux erwarten würde. Dies erhöhte noch sein Ansehen und dementsprechend seine Kreditwürdigkeit.
Es lief aber nicht immer alles so glatt. Von Zeit zu Zeit hatte Ulysse mit der Justiz zu tun und musste auch ab und zu hinter Gitter. Jedes Mal analysierte er dann den Ablauf seiner letzten Gaunerei, stellte sich den Augenblick vor, ab dem es schief gelaufen war, überlegte sich, während er auf Staatskosten beherbergt und ernährt

wurde, welchen Fehler er gemacht hatte, welche Kleinigkeit ihn hatte auffliegen lassen. Das war wie ein Spiel. Ulysse war wie ein Bridgespieler, der seine letzte Partie überdachte. Er sah nochmals die Karten vor sich, die er in der Hand gehalten hatte, seine Ansagen, die Antworten seiner Mitspieler, die Karten, die er abgelegt hatte, und ihre Anordnung. Er spielte in Gedanken alles nochmals durch und versuchte, sich im Geiste den »Grandslam« vorzustellen. Sobald er wieder in Freiheit war, begann er voller Ungeduld, die Karten neu zu mischen, dieses Mal allerdings ohne einen Fehler zu begehen.

Allmählich wechselte er zu Ferienorten auf dem Land über, in denen noch die heile Welt herrschte und die Leute weniger misstrauisch waren als anderswo, wo das Essen gut war und die Nächte ruhig. So pendelte er zwischen Limoges, Périgueux, Brive, Montluçon, Clermont-Ferrand, Cahors, Blois und Rodez hin und her und nahm aufgrund von Sprachproblemen schlechte Gewohnheiten an. Doch er unternahm auch einige krumme Touren in Deutschland, Italien, Schweden (dorthin fuhr er per Anhalter) und in den Niederlanden. Jedes Mal, wenn er sich wieder davonschlich, gab er den Zimmerschlüssel ab oder ließ ihn in der Tür stecken. Aber nie dachte er daran, die Hotelrechnung zu begleichen.

Als er sich immer mehr aufs Landesinnere konzentrierte, tappte er schließlich in eine Falle. In einem Hotel in Clermont-Ferrand wurde der Empfangschef, ebenfalls Belgier, auf ihn aufmerksam. In dem Augenblick, als man erkannte, dass der freundliche Gast ein Betrüger war, fühlte sich der Empfangschef verantwortlich und war gekränkt, weil ihn ein Landsmann übers Ohr gehauen hatte. Einige Tage später bezog Ulysse in einem anderen Hotel Quartier. Er besaß nach wie vor seine Schlagfertigkeit, seinen bürgerlichen Charme, seinen grauen Bart und seine guten Manieren sowie seine untadelige Eleganz; er hatte lediglich wieder einmal die Identität gewechselt. Pech für ihn war allerdings, dass das Hotel Aurillac gerade einen neuen Empfangschef eingestellt hatte, nämlich den Belgier, der direkt aus Clermont-Ferrand kam. Er erkannte seinen Wissenschaftler, der heute den Hoteldirektor spielte, auf den ersten Blick. Die Polizei wurde benachrichtigt und Ulysse steckte mal wieder in der Klemme. Er gab drei verschiedene Berufsbezeichnungen und ebenso viele fantasievolle Namen an. Auch sein Geburtsort war nicht eindeutig festzustellen. Doch wusste die Polizei dieses Mal, wo sie nachforschen konnte. Sie setzte sich mit Brüssel in Verbindung und erhielt von dort ein Fax. Ulysses wahre Identität wurde aufgedeckt. Er leugnete weiterhin, spielte den Überraschten, das unschuldige Opfer eines tragischen Irrtums. Es wurden alle Anzeigen gesammelt, die er in ganz Frankreich eingeheimst hatte. Seine Geschichte, eine Art düsteres Märchen, kristallisierte sich immer deutlicher heraus, als man die letzten fünfunddreißig Jahre seines Lebens zurückverfolgte. Immerhin hatte er davon mehr als die Hälfte hinter Gittern verbracht. Er war dreizehn Mal verurteilt worden, was ihm zweiundzwanzig Jahre Gefängnis eingebracht hatte. Dieser Herr hatte eine seltsame Art von Tourismus betrieben.

Der weiße Windhund

Über der Hunderennbahn von White City in der Nähe von London brach an jenem 8. Dezember 1948 die Nacht herein. Die Scheinwerfer brannten. In wenigen Minuten, genau um achtzehn Uhr, sollte der Preis der Königin stattfinden, eines der renommiertesten Rennen des Jahres. An diesem ungewöhnlichen Wettlauf nahmen nur sechs Windhunde teil. Die Spannung im Publikum stieg. Hohe Wetten wurden abgeschlossen und hitzig wurde über die Chancen jedes einzelnen Hundes diskutiert.

John Lamberth, der Direktor der Hunderennbahn, befand sich in Begleitung einiger bedeutender Gäste in der Ehrenloge. Er war, wie es sich gehörte, ein eleganter Herr: grauer Gehrock, Nelke im Knopfloch, gewählte Sprache …

In diesem Augenblick näherte sich ihm diskret der Chefkassierer der Rennbahn. Er machte durch leichtes Hüsteln auf sich aufmerksam und wirkte sehr besorgt.

»Herr Direktor, könnten Sie kurz mitkommen? Es ist etwas passiert.«

Der Direktor war überrascht und richtete einige Worte der Entschuldigung an seine Gäste. Dann folgte er seinem Angestellten. Als sie außer Hörweite waren, gab ihm der Angestellte die Geschehnisse preis:

»Es ist unglaublich, die Wettquote für White Spirit ist auf einen Schlag gesunken. Sie ist von 20 auf 5 : 1

gefallen. Ich dachte, das sollte ich Ihnen unbedingt sagen.«
John Lamberth runzelte die Stirn. Ja, tatsächlich, das war seltsam, ja sogar verdächtig ... Von den sechs Windhunden hatte White Spirit, ein wunderbares weißes Tier, die schlechteste Wettquote. Er galt als Außenseiter. Das dramatische Sinken seiner Quote hatte zur Folge, dass in letzter Minute große Wetten auf ihn abgeschlossen wurden. Es war das erste Mal, dass so etwas geschah.
John Lamberth zögerte nicht. Er durfte kein Risiko eingehen. Wenn irgendeine Schummelei im Spiel war, musste er sie jetzt aufdecken, denn wenn das Rennen erst einmal in Gang war, war es zu spät, so lautete die Regel.
Er verschob den Beginn des Rennens um eine Viertelstunde. Während im Publikum Rufe der Enttäuschung und der Überraschung zu hören waren, lenkte er seine Schritte zum Hundezwinger, um nachzusehen, wie es hier aussah.
Der Zwinger war ein lang gestrecktes Betongebäude. Der Direktor entdeckte William, den Wärter, auf seinem Posten vor der einzigen Tür des Baus.
»William, alles in Ordnung?«
Der Wärter erwiderte etwas überrascht: »Natürlich, Herr Direktor.«
»Ist hier niemand aufgetaucht, haben Sie nichts Auffälliges entdeckt?«
»Nein.«
»Gut, ich werde nach den Tieren sehen.«
John Lamberth folgte dem Wärter in den Hundezwinger. Auf beiden Seiten des Gangs befanden sich zwei Reihen von Käfigen. Insgesamt waren es zehn. Der

Direktor beugte sich zum ersten hinunter. Der Wärter öffnete ihm die vergitterte Tür. Ein schöner weißer Windhund lief ihm entgegen und wedelte mit dem Schwanz. John Lamberth, ein Spezialist für Hunderassen, untersuchte ihn sorgfältig. Er befühlte seine Pfoten, die Schnauze, untersuchte seine Augen und seinen Atem. Das Tier war nicht durch irgendwelche Doping-Mittel beeinflusst, das hätte er schwören können. Dann ging er zu den anderen Hunden. Vielleicht hatte man ihnen Drogen verabreicht, ein Schlafmittel oder etwas Ähnliches. Doch selbst wenn man sich mit Hunden nicht auskannte, stand eindeutig fest, dass sie sich alle bester Gesundheit erfreuten und vor Ungeduld zitterten, endlich ins Rennen zu gehen.
John Lamberth verließ unverzüglich den Hundezwinger, schließlich durfte er keine Zeit mehr verlieren. Draußen wurden die Zuschauer allmählich ungeduldig. Er kehrte zur Ehrentribüne zurück, entschuldigte sich bei seinen Gästen und nahm Platz, um sich den Preis der Königin anzuschauen.
Um achtzehn Uhr fünfzehn war der feierliche Augenblick endlich gekommen. Die Tiere hatten den Zwinger verlassen und warteten auf der Startlinie in den Käfigen, die alle gleichzeitig aufspringen sollten. Dann schoss ein mechanischer Hase auf einer Schiene über die Bahn und die Hunde rannten ihm hinterher. So nämlich läuft ein Windhundrennen ab. In Frankreich stellt es ein außergewöhnliches Schauspiel dar, aber auf der anderen Seite des Ärmelkanals ist es durchaus vertraut.
Die Hunde näherten sich der ersten Kurve. An der Spitze liefen die fünf braunen Windhunde. White Spirit, der von allen Experten als schwächster angesehen wurde, folgte mit einigen Längen Abstand.

Und genau dann geschah das Unglaubliche. In der Menge ertönte lautes Geschrei. Danach folgte eine beeindruckende Stille. Plötzlich wurde der Hund an der Spitze langsamer, als ob ihn etwas in seinem Schwung gestoppt hätte. Auch sein unmittelbarer Verfolger wurde langsamer, dann der dritte, der vierte usw. Mit einigen Sprüngen hatte White Spirit, der sein Tempo beibehalten hatte, alle überholt. Und während die fünf braunen Windhunde torkelten und schließlich zusammenbrachen, ging Wite Spirit über die Ziellinie.

Auf den Tribünen hörte man nach einem kurzen Augenblick der Verblüffung wütendes Murren. Die Hunde seien unter Drogen gesetzt, das Rennen manipuliert. Man hörte Protestrufe.

»Wir wollen unser Geld zurück!«

John Lamberth beeilte sich, die offizielle Tribüne zu verlassen. Er musste die Polizei rufen. Erstens, um zu verhindern, dass die Menge alles kurz und klein schlug, und zweitens, um eine Untersuchung des Rennens anstellen zu lassen. Denn die Wetter hatten Recht, der Preis der Königin war manipuliert worden. Wenn man den Beweis dafür erbringen konnte, mussten die Verlierer entschädigt werden. Vorläufig musste man jedoch jene Wetter auszahlen, die auf White Spirit gesetzt hatten, selbst wenn mit Sicherheit ein Betrüger unter ihnen war.

John Lamberth wusste, dass das, was gerade passiert war, den Todesstoß für seine Karriere bedeutete. Sein Ansehen war für immer angeschlagen. Er würde gezwungen sein, seine Kündigung einzureichen, noch bevor man sie ihm nahe legte. Doch in diesem Augenblick beherrschte ihn nicht Niedergeschlagenheit, sondern Neugier. Wie hatten die das angestellt? Er hatte doch die Tiere höchstpersönlich untersucht und der Wärter hatte niemanden herumschleichen sehen. Was also war geschehen?

Eine Stunde später legte John Lamberth diese Tatsachen Donald Pierson, dem Inspektor von Scotland Yard, dar. Nachdem er sich alles angehört hatte, machte sich Inspektor Pierson zum Hundezwinger auf. Der Wärter war genauso niedergeschmettert wie sein Direktor.

»Wann haben Sie Ihren Posten eingenommen?«

»Um vierzehn Uhr, als die Hunde in den Zwinger geführt wurden.«

»Das heißt also, es hätte sich vorher jeder hier einschleichen können?«

»Ich habe meine Anweisungen erhalten. Im Übrigen kann ich mir nicht vorstellen, wo sich jemand hätte verstecken können.« Als der Wärter dies sagte, hielt er kurz inne.

»Es sei denn … Aber nein, das ist nicht möglich. Ich habe es ja selbst überprüft.«

»Was wollen Sie damit sagen?«

»Ich dachte an den zehnten Käfig. Er steht seit langem leer. Man hat ihn abgesperrt, indem man Bretter über die Tür genagelt hat. Vor dem Rennen habe ich, wie immer, an den Brettern gerüttelt, um mich davon zu überzeugen, dass sie fest sind. Und, ja, sie waren fest. Es ist unmöglich, dass sich darin jemand versteckt hat.«

Wortlos betrat Pierson den Zwinger, gefolgt vom Direktor und dem Wärter, der es nun mit der Angst zu tun bekam. Er steuerte sofort auf die hinteren Käfige zu. Tatsächlich war der zehnte Käfig verwaist. Das Drahtgitter war durch mehrere Bretter ersetzt,

die über der Tür vernagelt waren. Er näherte sich, versetzte ihnen einen kleinen Schlag und verlor fast das Gleichgewicht. Die Bretter fielen auf ihn herab. Sie waren nicht fest angebracht, sondern lediglich aufgelegt.
William stotterte.
»Ich schwöre Ihnen, dass ich die Wahrheit gesagt habe. Ich habe daran gerüttelt und sie waren fest.«
Der Inspektor gab ihm ein Zeichen zu schweigen. Interessiert beugte er sich über den Türrahmen, dann über die Bretter. Nachdem er alles in angespannter Stille untersucht hatte, richtete er sich wieder auf und versetzte William einen kleinen Schlag auf die Schulter.
»Sie haben nicht gelogen, mein Junge. Folgendes ist geschehen: Als jene Person in den Zwinger eingedrungen ist, hat sie zuerst die Bretter losgelöst. Sie hat den Käfig betreten und von innen alles mit Schrauben festgezogen. Man sieht deutlich die Spuren. Als Sie dann daran gerüttelt haben, hat alles gut gehalten.«
Donald Pierson machte eine Pause.
»Dann hat der Mann die Bretter abmontiert und alle Windhunde außer White Spirit mit Ködern angelockt, die mit Drogen versetzt waren. Er ist schließlich genauso leicht hinausgekommen, wie er hereingekommen ist. Ich vermute, dass Sie die Tiere zur Rennbahn begleitet haben.«
Der Wärter nickte. »Natürlich, meine Aufgabe besteht darin, sie nicht aus den Augen zu lassen.«
»Also ist er kurz nach Ihnen hinausgegangen.«
Der Inspektor untersuchte jetzt die Käfige der fünf anderen Windhunde. Er bückte sich und sammelte einige Krümel von Lebensmitteln ein.
»Sieht nach Fisch aus. Auf jeden Fall suchen wir genau

das, denn im Käfig von White Spirit ist nichts zu finden. Das Labor wird uns aufklären, welches Produkt verwendet worden ist.«

Der unglückselige Lamberth wagte einen Einwand: »Sie standen nicht unter Drogen. Ich habe sie noch kurz vor dem Rennen untersucht.«

»Sie müssen es aber gewesen sein …«

Am folgenden Tag war das manipulierte Rennen des Preises der Königin zur großen Verzweiflung von John Lamberth auf der Titelseite der englischen Zeitungen. Die Höhe des Betrugs belief sich auf hunderttausend Pfund, ein wahres Vermögen! Während der Betrüger die Hunde mit den Drogen betäubte, hatte einer seiner Komplizen, ein junger braunhaariger Mann, bei einem Buchmacher in London zwanzigtausend Pfund auf White Spirit gesetzt.

Am Abend erhielt der Direktor der Hunderennbahn einen Anruf von Inspektor Pierson.

»Mister Lamberth, ich habe gerade die Ergebnisse der Analyse erhalten. Die Sache ist ungeheuer einfallsreich. Wir haben es mit einer sehr durchtriebenen Person zu tun.«

Der Direktor der Hunderennbahn empfand bittere Befriedigung: Zumindest würde er es nun erfahren und verstehen …

»Das verwendete Mittel heißt Chloreton. Das ist eine in der Pharmazie verwendete Substanz, die vor allem in Medikamenten gegen Seekrankheit enthalten ist. Chloreton besitzt eine erstaunliche Eigenheit. Bei einem ruhenden Menschen bewirkt es fast nichts. Bei starker Anstrengung jedoch hat es eine durchschlagende Wirkung. Als die Hunde anfingen zu rennen, sind diese bedauernswerten Tiere erstickt.«

Ansonsten hatte der Inspektor nicht viel zu sagen. Er überwachte die traditionellen Spielermilieus und war überzeugt davon, dass ein Spezialist dieses Ding gedreht hatte. Er ahnte auch, dass es schwer sein würde, ihn festzunehmen.
Leider hatte er sich nicht getäuscht. Der Buchmacher, bei dem die Wette gesetzt worden war, galt als ehrenwerter Mann und hatte sicher nichts mit der Manipulation zu tun. Über den jungen, braunhaarigen Mann, der zwanzigtausend Pfund auf White Spirit gesetzt hatte, konnte er nichts berichten. Er hatte ihn nie gesehen. Die Untersuchung fing schlecht an.
Doch zu Beginn des Jahres 1949, nur drei Wochen nach dem Betrug, erhielt Donald Pierson eine Information: Gilbert Moore wurde in einem Spielerkreis in der Hauptstadt gesehen. Er hatte fünfhundert Pfund am Spieltisch verloren und schien darüber nicht allzu erschüttert zu sein. Im Gegenteil, er hatte den Abend mit einer Menge von Freunden in einem der besten Restaurants von London beschlossen, hatte die Rechnung beglichen und dem Personal ein fürstliches Trinkgeld gegeben. Dann hatte er sich zurückgezogen, offensichtlich ganz mit sich selbst zufrieden.
Gilbert Moore war für Inspektor Pierson ein alter Bekannter. Seit etwa dreißig Jahren war Moore Spezialist für alle zweifelhaften Manipulationen bei Rennen und Glücksspielen. Er war mehrfach festgenommen worden, hatte sich aber jedes Mal aus der Affäre ziehen können, weil das Verfahren eingestellt wurde. Der Inspektor hatte ihn mehrere Male wegen anderer Delikte ins Verhör genommen. Und er hatte keine gute Erinnerung daran behalten. Der Mann besaß Selbstbewusstsein und Schlagfertigkeit. Als Donald Pierson ihn

in sein Büro zitierte, wusste er, dass er es mit einem unnachgiebigen Gegner zu tun hatte.
Gilbert Moore kam pünktlich zur Vorladung. Er war etwa fünfzig, hatte rote Haare und blaue Augen. Als der Inspektor ihn wiedersah, blickte ihn Gilbert wie immer treuherzig an, was dem Polizisten wie jedes Mal Unbehagen verursachte. Doch er begann die Unterhaltung recht forsch.
»So sieht man sich wieder, Moore. In letzter Zeit scheinen Sie nicht gerade in glänzenden Verhältnissen gelebt zu haben. Und dennoch werfen Sie das Geld zum Fenster hinaus. Fünfhundert Pfund an einem einzigen Abend, das sind mehrere Polizeigehälter.«
Gilbert Moore antwortete, ohne zu zögern. »Ich habe bei den Rennen ganz schön abkassiert.«
Der Inspektor sprang auf. »Sie gestehen also, auf White Spirit gewettet zu haben?«
Sein Gesprächspartner wirkte verblüfft, doch dann lächelte er, als ob er gerade begriffen hätte.
»Ah, ich verstehe … Sie meinen den weißen Hund? Nein, nein, Inspektor, ich interessiere mich nur für Pferde. Ich kann Ihnen alle Wetten aufzählen, die ich gesetzt habe, und die Beträge, die sie mir eingebracht haben.«
Verärgert unterbrach Donald Pierson ihn.
»Schweigen Sie. Ich weiß sehr wohl, dass Sie mir die Liste der Siegerpferde der letzten Rennen aufzählen und mir einreden können, dass Sie auf sie gewettet haben. Dabei haben Sie nur ein Mal gewettet, und zwar nicht auf ein Pferd, sondern auf einen Windhund.«
Der hoch gewachsene Rotschopf betrachtete ihn mit ehrlichem Erstaunen.
»Herr Inspektor, Sie haben eine blühende Fantasie.

Ich glaube, ich habe in der Zeitung gelesen, dass die Person, die eine große Wette gesetzt hat, ein junger, braunhaariger Mann gewesen sein soll.«
Donald Pierson wusste, dass er jetzt kein Ass mehr im Ärmel hatte. Die Gewissheit seiner Niederlage machte ihn wütend und er explodierte.
»Natürlich. Es ist Ihr Komplize. Aber ich schnappe euch beide, das dürfen Sie mir glauben. Gehen Sie jetzt.«
Doch die Monate verstrichen … Inspektor Pierson war davon überzeugt, dass Gilbert Moore schuldig war. Der wiederum warf weiterhin mit Geld um sich. Er wusste, dass er ständig von Scotland Yard beobachtet wurde, hatte aber keine Angst, sich in der Öffentlichkeit zu zeigen. Von seinem geheimnisvollen Komplizen, dem kleinen, jungen, braunhaarigen Mann, fand man keine Spur.
Im Mai 1946 erfuhr Donald Pierson, dass Gilbert Moore den Kontinent verlassen hatte. Der hoch gewachsene Rotschopf war wahrscheinlich der ständigen Begleitung von Scotland Yard überdrüssig geworden und hatte es vorgezogen, nach Frankreich überzusiedeln und dort den Ertrag seines Gewinns zu verschleudern.
Der Inspektor nahm mit der französischen Polizei Kontakt auf und bat sie, Moore auf Schritt und Tritt zu beobachten. So erfuhr er, dass sich dieser eine luxuriöse Villa an der Côte d'Azur gekauft hatte und regelmäßig die Rennbahn in Cagnes-sur-Mer besuchte.
Zu seinem Pech konnte Donald Pierson nicht mehr über ihn herausfinden. Gilbert Moore setzte tatsächlich seine Wetten auf der Rennbahn – große Summen, aber regelmäßig. Er führte das geordnete Leben eines sehr reichen Rentners.

Gilbert Moore blieb bis zu seinem Lebensende in Frankreich in seiner schönen Villa an der Côte d'Azur. Die Polizisten, die ihn immer noch im Auge behielten, gewöhnten sich schließlich an diesen ruhigen Mann mit seinem Rolls-Royce und seinen unzertrennlichen Begleitern: zwei prachtvollen weißen Windhunden. Natürlich wussten sie, dass er der Initiator einer der kühnsten und einfallsreichsten Betrügereien der Nachkriegszeit gewesen war – alle wussten es. Doch was sollten sie tun? Zwei weiße Windhunde waren kein Beweis …

Ein Abend in Hamburg

Deutschland, 1992. In Hamburg, dem großen Hafen an der Elbe, geht es immer sehr geschäftig zu. Zu jeder Tages- und Nachtzeit wird in dieser Stadt alles verkauft, was es auf der Welt gibt. Seit Tausenden von Jahren kennen die Seeleute, die hier an Land gehen, die entsprechenden Adressen, wo sie das Schlingern auf See, das Stampfen der Maschinen und die Einsamkeit der Meere vergessen können, ob in Zivil oder in Uniform.

An jenem Abend hatten Helmut, Gunther und Armel, drei Matrosen mit Landurlaub, fast zufällig die Tür der Hummel-Bar aufgestoßen. Dieses Lokal war wie viele andere auch, es gab frisch gezapftes Bier, Würste und vielleicht hübsche Mädchen, mit denen man feiern konnte.

Nachdem sie die ersten Gläser helles Bier in einem Zug geleert hatten, entdeckten sie an einem Nachbartisch drei hübsche Mädchen, eine deutsch aussehende Blondine, eine Brünette, offensichtlich eine Italienerin, und eine etwas reservierte Asiatin. Die drei Matrosen nickten ihnen zu. Die Mädchen erwiderten den Gruß und schienen keineswegs schockiert zu sein. Eine Runde Bier brach das Eis. Schließlich setzten sich die jungen Männer zu den Mädchen. Eine Jukebox sorgte musikalisch für Stimmung; die jungen Leute tanzten auf der winzigen Tanzfläche neben der Bar. Gunther, Armel und Helmut freuten sich, die Bekanntschaft der brünetten Marina, der Asiatin May-Lee und der kräftigen Hamburgerin Ursula gemacht zu haben. Noch hatten sich keine Paare gefunden, aber es wurde viel gelacht und geschäkert und der Wirt schenkte eine Runde nach der anderen aus.

Plötzlich kam jemand auf die Idee, dass es Zeit wäre, einen Happen zu essen, und der Vorschlag wurde begeistert aufgenommen. Niemand sprach eine offizielle Einladung aus, aber alle waren davon überzeugt, dass man sich über die Rechnung sicherlich einigen würde. Nachdem sie die Vorspeisen und köstliche geräucherte Wurstwaren versucht hatten, schlug einer der Matrosen vor, Champagner zu bestellen, um die jungen Mädchen in Stimmung zu bringen. Es wurden hintereinander drei Flaschen sowie mit Creme gefülltes Gebäck serviert. Die schönen jungen Mädchen waren bei Tisch genauso anmutig wie auf der Tanzfläche. Nach einem ausgezeichneten Essen folgte der Schnaps. Die Damen kippten ihn hinunter, als ob sie ihr ganzes Leben lang nichts anderes getan hätten. Von Zeit zu Zeit verschwanden sie im Schminkraum, um etwas Rouge aufzulegen, und kehrten dann zurück, um die Schlemmerei fortzusetzen.

Die Matrosen fanden, dass es nun an der Zeit sei aufzubrechen. Schließlich könnte man den Abend in einer bequemeren Lage fortsetzen, am liebsten in der horizontalen. Zum Glück wohnten die drei Damen zusammen und schienen bereit zu sein, die drei munteren Matrosen über Nacht bei sich zu behalten. Gunther, der sich nicht mehr richtig auf den Beinen halten konnte, erhob sich, um nach dem Wirt zu rufen und ihn nach der Rechnung für all die guten Speisen und Getränke, die sie genossen hatten, zu fragen.

Der Wirt schien darauf gewartet zu haben, da außer der ausgelassenen Gruppe niemand mehr im Lokal war und es Zeit wurde zu schließen. Die »kleine Rechnung« wurde auf einem hübschen Unterteller gereicht. Gunther griff entschlossen danach, aber Armel riss ihm die Rechnung aus der Hand und auch Helmut mischte sich ein.
»Ich spendiere euch den Abend«, brüllte Gunther.
»Aber wirklich nicht«, erwiderte Helmut, »ich hatte gestern Geburtstag und lade euch nachträglich ein.«
»Kommt gar nicht in Frage«, sagte Armel und erklärte in bestimmtem Ton: »Ich habe den höchsten Dienstgrad, also komme ich für den Abend auf.«
Die beiden anderen Matrosen gaben sich damit jedoch nicht zufrieden. Die drei Mädchen, die leicht angeheitert waren, lachten schallend. Selbst der Wirt amüsierte sich über diesen lustigen Wettbewerb. Er war eher an Gäste gewohnt, die die Zeche prellten und sich dann aus dem Staub machten. Er klatschte sich vor Vergnügen auf die Schenkel. Diese Männer hier würden die Rechnung ganz bestimmt nicht überprüfen und um jeden Pfennig feilschen.
Doch schien es unmöglich zu sein, eine Entscheidung zu treffen, welcher der drei sympathischen Matrosen schließlich das Portemonnaie zücken dürfte, um die schönen Scheine auf den Tisch zu blättern. Die Rechnung wanderte ständig von Hand zu Hand. Dem musste ein Ende bereitet werden. Plötzlich zeigte Gunther als Erster Ermüdungserscheinungen.
»Ich habe eine Idee«, sagte er, »wir werden wegen der Bezahlung der Rechnung einen Wettlauf veranstalten.«
»Und das heißt?«, fragte Armel.

»Kennt ihr den Wilhelmplatz, zweihundert Meter von hier entfernt?«
»Ja«, erwiderten die anderen, auch die Mädchen.
»Der Erste«, fuhr Gunther fort, »der dort anlangt, zahlt die Zeche.«
»Super, hurra«, stimmten Helmut und Armel ihm zu.
»Herr Wirt«, wandte Gunther sich an den Wirt und machte ein ernstes Gesicht, »wir lassen Ihnen diese jungen Damen als Pfand hier. Und Sie geben uns das Startsignal.«
»Einverstanden«, erklärte der Wirt und warf einen Blick auf die Wanduhr über der Bar.
Die drei Matrosen gingen vor der Tür der Hummel-Bar, die die jungen Mädchen aufhielten, in die Knie. Die Nachtluft war frisch. Schnell erteilte der Wirt noch ein paar nützliche Tipps.
»Auf die Plätze, fertig, los«, gab er dann das Signal und blickte erneut auf die Wanduhr.
Die drei Matrosen schossen wie der Blitz in die Nacht hinein, und die Mädchen und der Wirt spornten sie durch Beifall an.
Am nächsten Tag gestand der Wirt kleinlaut, dass er und die Mädchen über eine Stunde gewartet hatten, bis ihnen klar wurde, dass sie die Matrosen, die so gern Würste aßen und Champagner tranken, nie mehr sehen würden. Und dabei hatten die jungen Männer doch so ehrlich und sympathisch ausgesehen.

Blindekuh

Redfield in Süddakota ist in den Vereinigten Staaten eine typische Kleinstadt ohne Geschichte. Und unter den Einwohnern Redfields waren Mr und Mrs Clark das Urbild eines Paars ohne Geschichte.

Peter Clark, zweiundfünfzig, eher mittelgroß und beleibt, betrieb mit seiner Frau Emily einen Süßwarenladen. Beide hatten mit ihren Nachbarn das beste Verhältnis. Sie waren bescheidene Menschen, fast farblos. Emily war sehr fromm und wirkte bei verschiedenen karitativen Verbänden mit. Peter bastelte gern und liebte Tiere. Kurzum, es gab nichts über sie zu sagen, zumindest nicht bis zum 15. April 1963.

An jenem Morgen war Peter Clark damit beschäftigt, den letzten Schnee vor seinem Geschäft wegzuschaufeln, als ein Auto, dessen Farbe die Zeugen als schwarz bezeichneten, mit großer Geschwindigkeit angebraust kam. Kam es auf einer Eisplatte zum Rutschen? Jedenfalls versuchte der Fahrer ein Ausweichmanöver und erfasste dabei den armen Mr Clark. Während das Auto weiterfuhr, betteten Passanten den bewusstlosen Süßwarenhändler auf das Trottoir. Er hatte eine schwere Kopfverletzung erlitten und blutete stark.

Emily Clark stürzte voller Schrecken aus dem Laden. Ein paar Minuten später stieg sie zu ihrem Mann, der immer noch bewusstlos war, in den Krankenwagen.

20. Mai 1963. Nach einem Monat Klinikaufenthalt kehrte Peter Clark nach Hause zurück. Von einem Augenblick zum anderen hatte sich sein ganzes Leben verändert. Er war von der Welt der normalen Leute in die der Behinderten gewechselt. Das Schädeltrauma, das durch den Sturz hervorgerufen worden war, war nicht weiter dramatisch, hatte aber eine fatale Folge. Als Peter Clark das Bewusstsein wiedererlangt hatte, hörte er die Stimme Emilys und die des Arztes. Das war alles. Er konnte sie nicht sehen, weil er erblindet war.

Der Arzt unterzog ihn einer Untersuchung nach der anderen und versuchte, ihn zu beruhigen. Er erklärte ihm, er habe keine Augenverletzung und keinen irreversiblen Gehirnschaden. Das Augenlicht könne durchaus zurückkehren. Doch wie hätten solche Worte Peter aus seiner Verzweiflung reißen können? Sie bedeuteten nämlich, dass genauso gut das Gegenteil eintreten konnte, nämlich, dass er den Rest seines Lebens blind sein würde.

Im Augenblick war Peter Clark allein. Emily war im Laden; schließlich musste ja der Lebensunterhalt verdient werden. Er saß, wie erstarrt, auf seinem Stuhl und wagte nicht, sich zu rühren. Wohin sollte er auch gehen? Und was sollte er tun, außer überall anzustoßen?

Er musste nur warten. Denn er erwartete jemanden. Gleich sollte der Versicherungsdetektiv vorbeikommen. Wie viel würde man ihm ausbezahlen? Fünfzigtausend Dollar, wenn er sich recht erinnerte. Wie lachhaft das war! Nicht einmal eine Million könnte einen solchen Schaden wieder gutmachen. Das Augenlicht ist unbezahlbar. Doch er riss sich zusammen.

Er durfte nicht egoistisch sein. Es würde Emilys Leben erleichtern, die im Augenblick den Haushalt allein erledigen und sich zudem um ihn kümmern musste.
Neunzehn Uhr. Es läutete an der Tür. Emily, die vom Laden nach Hause gekommen war, öffnete. Ein kleingewachsener Mann um die dreißig, mit Hut und korrektem Anzug, betrat die Wohnung. Sein Vorstadtakzent war allerdings sehr unangenehm.
»Mrs Clark? Ich bin Richard Lemmon, Detektiv der Versicherungsgesellschaft. Ist Ihr Mann da?«
»Wo, denken Sie, sollte er sonst sein?«
Richard Lemmon betrat, ohne noch ein weiteres Wort zu verlieren, das Wohnzimmer und ging mit ausgestreckter Hand auf Peter Clark zu. Natürlich reagierte der unglückselige Süßwarenhändler nicht, was bei dem Versicherungsmann eine verärgerte Grimasse hervorrief und bei Emily einen entrüsteten Schrei auslöste.
»Aber, was tun Sie denn da?«
»Meinen Job …«
»Sie haben versucht, meinem Mann eine Falle zu stellen, zu prüfen, ob …«
Peter Clark mischte sich mit ruhiger Stimme in das Gespräch ein: »Wann wird die Gesellschaft zahlen?«
Richard Lemmon musterte den Süßwarenhändler nachdenklich. Der Detektiv war ganz entschieden ein äußerst unangenehmer Zeitgenosse. Er hatte ein volles, rosiges Gesicht, das nur so strotzte vor Selbstzufriedenheit, und zwei kleine, unerbittlich forschende Augen, die an die eines Raubvogels erinnerten.
»Nicht so schnell. Das Geld ist noch nicht in Ihren Händen. Deswegen bin ich ja hier.«

»Wieso das? Die Untersuchungen, die man in der Klinik an mir vorgenommen hat, beweisen doch, dass ich blind bin.«
Richard Lemmon zog unvermittelt eine Schachtel Zigaretten aus der Hosentasche und streckte sie Peter Clark hin, was einen neuerlichen entrüsteten Schrei von Emily zur Folge hatte. Da der Süßwarenhändler keinerlei Reaktion zeigte, steckte Lemmon das Päckchen wutentbrannt wieder in seine Tasche.
»Ich habe die Untersuchungen gesehen. Ich bezweifle sie nicht, ganz im Gegenteil. Sie besagen, dass Sie jederzeit Ihr Augenlicht zurückgewinnen können.«
»Ich habe mir nur das Eine gemerkt, dass ich den Rest meines Lebens blind sein kann.«
»Ich weiß. Gemäß Vertrag müssen wir Ihnen sechs Monate nach Ihrem Unfall, also am 15. Oktober 1963 gegen Mittag, fünfzigtausend Dollar auszahlen, sofern Sie bis dahin Ihr Augenlicht nicht wiedererlangt haben. Also haben wir noch ein wenig Zeit, Mister Clark.«
Emily, aschfahl vor Zorn, mischte sich ein: »Schämen Sie sich nicht, sich gegenüber einem Behinderten so zu verhalten? Wenn Sie meinen Mann für einen Betrüger halten, dann sagen Sie es ihm gleich auf den Kopf zu.«
»Ich halte alle für Betrüger. Das ist mein Job.«
»Dann tun Sie mir aber Leid.«
Der Detektiv lächelte.
»Bedauern Sie mich nicht, meine Liebe. Ich sage Ihnen etwas: Ich erhalte zehn Prozent von den Summen, die die Versicherungsgesellschaft dank meiner Hilfe nicht ausbezahlen muss. Fünftausend Dollar, das lohnt sich doch, oder?«

Dann wandte er sich Peter Clark zu. »Bis bald, Mister Clark. Ich werde Sie künftig häufiger besuchen.«

Zehn Tage waren vergangen, was für Peter Clark keine große Bedeutung hatte, da für ihn Tag und Nacht gleich waren. Er hielt sich im Haus auf, während seine Frau im Laden stand. Er war total niedergeschlagen. Das widerliche Verhalten des Detektivs, die Fallen, die er ihm hatte stellen wollen und von denen ihm Emily berichtet hatte, trugen dazu bei, ihn noch trübsinniger zu machen. Nicht, dass er Angst gehabt hätte, die fünfzigtausend Dollar nicht zu erhalten. Er würde sie ausgezahlt bekommen, weil er leider blind war, doch er lehnte sich gegen so viel Härte und Grausamkeit auf. O Gott, wie schrecklich waren diese Menschen! Fast müsste er sich freuen, sie nicht mehr sehen zu müssen.
Während er noch seinen trüben Gedanken nachhing, geschah das Wunder. Es begann mit einem hellen Nebel. Peter Clark schrie auf. Das Augenlicht kehrte zurück. Dann aber schwieg er wieder und wartete ängstlich ab. Würde es dabei bleiben? Würde sich sein Augenlicht auf diese Art milchige Sicht beschränken? Doch nein, das Wunder setzte sich fort. Allmählich konnte er Konturen wahrnehmen. Er erkannte die Möbel und die vertrauten Gegenstände. Die Umrisse wurden immer schärfer. Peter Clark sprang von seinem Sessel auf und stieß einen Triumphschrei aus. Er sah! Er sah genauso gut wie vorher!
Seine Erregung war so groß, dass er schwankte und sich wieder in den Sessel fallen ließ. Dann erhob er sich erneut. Er hatte vor, ins Geschäft zu eilen, um Emily die freudige Nachricht zu überbringen. Doch

im gleichen Augenblick setzte er sich fast automatisch wieder hin. Er stellte sich den Versicherungsagenten vor, das triumphierende Grinsen von Richard Lemmon, wenn dieser die Neuigkeit erfahren und seine fünftausend Dollar einstecken würde. Der widerliche Kerl hatte also gewonnen. Vielleicht war er sogar davon überzeugt, dass er schon bei ihrem ersten Treffen Recht gehabt und Clark bereits damals das Augenlicht wieder zurückgewonnen und nur Komödie gespielt hatte, dass er dann aber aufgegeben hatte, weil die Situation unerträglich geworden war.

So durfte es nicht laufen. Also fasste er einen Entschluss. Der anständige, biedere Süßwarenhändler ohne Geschichte beschloss, die Versicherung zu betrügen. Und zwar nicht aus Gier. Die fünfzigtausend Dollar interessierten ihn wenig, auch wenn das mehr Geld war, als er sein ganzes Leben lang verdienen würde. Es war ihm auch egal, dass Emily und er mit einer solchen Summe bis zu ihrem Lebensende sorglos leben, das langweilige Redfield und Süddakota hinter sich lassen könnten, um sich in Florida, auf den Bahamas oder in Europa niederzulassen. Nein, was zählte, waren die zehn Prozent von Richard Lemmon. Die würde der nicht bekommen! Clark sagte ihm den Krieg an. Der kleine Süßwarenhändler fühlte sich plötzlich wie ein routinierter Gangster.

Nachdem sein Entschluss feststand, versuchte er, ruhig nachzudenken. Es gab ein Problem: Emily. Er musste ihr die Wahrheit verschweigen, denn sie hatte sehr strenge Prinzipien. Einen solchen Betrug würde sie nie und nimmer gutheißen, auch wenn die Haltung des Versicherungsdetektivs sie genauso abstieß wie ihn. Zudem war sie unfähig zu lügen.

Er würde also auch ihr eine Komödie vorspielen müssen. Er ahnte, dass die Prüfung, die vor ihm lag, sehr schwierig und gefährlich sein würde, doch er würde nicht nachgeben. Er war jetzt so lange blind gewesen, dass er sich wie ein Blinder verhielt. Er würde weiterhin den Blinden spielen und sich vor allem dazu zwingen, die Augen zu schließen, wenn er allein war. Es war jetzt der 30. Mai, das Ende der Prüfung fand Mitte Oktober statt. Bis dahin also musste er durchhalten.

Von diesem Augenblick an begann ein schreckliches, unerbittliches Blindekuh-Spiel. Peter Clark hatte keinerlei Schwierigkeiten mit der gutgläubigen Emily, die nichts ahnte, doch was Richard Lemmon anging, sah der Fall ganz anders aus. Der Detektiv versuchte mit allen Mitteln, ihn zu überführen. Sein Engagement war unglaublich.

An einem Juniabend begann Peter Clark, mit seinem weißen Stock und einem Hund, für den die Nachbarn zusammengelegt hatten, durch die Straßen von Redfield zu gehen. Er bewegte sich äußerst vorsichtig vorwärts, tastete sich mit dem Stock die Kante des Trottoirs entlang und machte an einer Straßenecke wieder kehrt, als plötzlich der Versicherungsdetektiv vor ihm stand. Lemmon verharrte unbeweglich und hinderte ihn am Weitergehen. Peter zuckte unwillkürlich zusammen. Richard Lemmon brach in einen triumphierenden Schrei aus.

»Clark, Sie sind entlarvt, Sie haben mich gesehen.«

Doch dem Süßwarenhändler gelang es, Herr der Lage zu werden.

»Ich habe Sie nicht gesehen, ich habe nur gespürt, dass

jemand da ist. Seit ich blind bin, erkenne ich die Leute an der Luft, die sie ausatmen.«
Etwas später, Anfang Juli, verbuchte Peter Clark einen Punkt für sich. Er war allein zu Hause, als er am Eingang ein leichtes Geräusch wahrnahm. Es war der Schlüssel, der im Schloss umgedreht wurde. Er fragte: »Emily, bist du es?«
Keine Antwort. Da tauchte Richard Lemmon auf und ging behutsam auf Zehenspitzen. Er hatte sich, der Himmel mochte wissen, woher, einen Zweitschlüssel besorgt, vielleicht sogar einen Passepartout. Aber er bemühte sich vergeblich. Peter, der auf alles gefasst und stets auf der Hut war, lernte gerade die Blindenschrift. Das Buch lag auf dem Tisch des Wohnzimmers. Richard Lemmon blieb in der Mitte des Zimmers stehen und wirkte verärgert, was seinen Gegner mit Genugtuung erfüllte.
»Ich weiß, dass Sie es sind, Lemmon. Ich sehe Sie nicht, aber ich weiß, dass Sie es sind.«
»Sie sind sehr stark. Aber ich will Ihnen etwas sagen: Ich bin sicher – verstehen Sie mich? –, absolut sicher, dass Sie nicht blind sind und ich werde Sie der Lüge überführen!«
»Verschwinden Sie oder ich rufe die Polizei.«
»Wie denn?«
»Indem ich ans Telefon gehe und die Nummer wähle. Alle Blinden können das.«
»Okay, okay. Natürlich gibt es keine Spuren für meinen Besuch bei Ihnen.« Lemmon fuchtelte mit den Händen, die in Handschuhen steckten: »Sehen Sie?«
Peter Clark erwiderte ruhig: »Ich weiß, dass Sie Handschuhe tragen.«

15. August 1963. Peter Clark saß allein im Wohnzimmer und hörte Radio. Eigentlich hatte er sich nie viel aus Radioprogrammen gemacht, aber als Blindem bot sich Radio hören logischerweise an. Die Vorhänge waren zugezogen und er hatte das Schloss auswechseln lassen. Im Augenblick brauchte er nicht zu fürchten, dass der Detektiv plötzlich auftauchen würde. So gönnte sich der Süßwarenhändler einen Moment der Entspannung. Er las die Sportseite der Zeitung, die Emily auf dem Tisch hatte liegen lassen. Er kehrte der Tür den Rücken zu, und da das Radio lief, hörte er nicht, wie die Tür aufging. Plötzlich vernahm er einen Schrei hinter sich.

»Peter!«

Peter Clark drehte sich um. Emily stand vor ihm und machte einen völlig verstörten Eindruck. Es wäre absurd gewesen, jetzt noch etwas zu leugnen.

»Hör zu, Emily, ich werde es dir erklären.«

Emily hatte sich wieder gefangen.

»Es ist also wahr? Er hatte folglich Recht und du hast gelogen. Du bist ein Betrüger. Ich habe einen Betrüger geheiratet.«

Peter Clark näherte sich in dem üblichen Schritt eines Sehenden seiner Frau und nahm sie in die Arme.

»Ich werde dir alles erzählen.«

Und genau das tat er dann auch. Das erste Mal sei er wirklich blind gewesen; nicht die Habgier nach Geld habe ihn, als er sein Augenlicht zurückgewonnen hatte, bewogen, dies zu verheimlichen, sondern die Aussicht, dass dieses verhasste Individuum triumphieren würde. Sie müsse ihm glauben, er sei zu allem bereit, damit sie ihm glauben möge. Dann hatte er plötzlich einen genialen Einfall.

»Hör zu. Um es dir zu beweisen, schwöre ich, dass ich die fünfzigtausend Dollar, wenn wir sie erhalten, spenden werde.«

»Ehrlich?«

»Es ist genauso wahr, wie ich dich sehe.«

Emily Clark schniefte und trocknete sich die Tränen.

»Ich glaube dir, Peter. Aber ich bin nicht fähig, weiterhin diese Komödie zu spielen. Der Detektiv streicht hier immer herum.«

»Fahr zu deiner Schwester.«

»Er wird Verdacht schöpfen. Er wird mich ausfragen und ich werde mich verraten.«

»Dort wird er dich nie finden.«

Doch Richard Lemmon spürte Mrs Clark natürlich auf. Es vergingen einige Tage, aber schließlich hatte er ihren Aufenthaltsort herausgefunden: das Einfamilienhaus ihrer Schwester in einem Marktflecken von Vermont, im Nordosten der Vereinigten Staaten. Es war Zeit für ihn, denn man schrieb bereits den 10. Oktober 1963 und in fünf Tagen war die Versicherungssumme fällig …

Als er läutete, öffnete ihm Emily persönlich. Bei seinem Anblick gab sie einen Schrei von sich und versuchte, die Tür wieder zu schließen, aber er stellte einen Fuß dazwischen.

»Seien Sie doch nicht so nervös, meine Liebe. Ich tue Ihnen doch nichts.«

»Was wollen Sie von mir?«

»Ihnen eine Frage stellen. Warum haben Sie Ihren Mann verlassen?«

»Ich brauche Ihnen nicht zu antworten. Gehen Sie!«

»Wenn Sie mir nicht antworten, schließe ich daraus, dass Sie ihn verlassen haben, weil Sie herausgefunden haben, dass er nicht blind ist.«
»Sie können glauben, was Sie wollen.«
»Ich werde das in meinen Bericht aufnehmen und das kann ein Grund sein, die Auszahlung zu annullieren.«
Emily Clark wusste nicht, ob das, was er gesagt hatte, richtig war oder nicht. Doch sie musste etwas erwidern, einen plausiblen Grund für ihr Verhalten liefern.
»Ich … ich konnte nicht mehr mit einem Blinden zusammenleben. Das ging über meine Kräfte.«
»Wollen Sie damit sagen, dass Sie Ihren Mann verlassen haben, weil er behindert ist? Gerade Sie, deren Mildtätigkeit und Selbstlosigkeit in der ganzen Stadt bekannt sind?«
»Aber es ist die Wahrheit.«
»Warum tun Sie das? Er verdient es nicht, er ist ein Lügner. Sind Sie sich im Klaren darüber, dass er Ihretwegen ganz allein die fünfzigtausend Dollar einstreichen wird? Und wenn ich sage ›ganz allein‹, dann irre ich mich, denn mit so viel Geld wird er schnell Ersatz für Sie finden.«
Richard Lemmon hatte keine Gelegenheit, noch mehr zu sagen. Die Tür wurde ihm vor der Nase zugeschlagen. Er schrie vor Schmerz und Wut auf.
Als er Mrs Clark gefunden hatte, glaubte er, gewonnen zu haben. Wieder einmal hatte er alles verpfuscht! Warum schützte sie ihren Mann trotz ihrer Prinzipien? Verstehe einer die Frauen! Und Peter Clark verbrachte seine Zeit damit, Bücher in Blindenschrift zu lesen, die er stapelweise bei einem Buchversand be-

stellt hatte. Er hatte es ganz entschieden mit zwei unnachgiebigen Menschen zu tun.
Richard Lemmon war wütend – und nicht nur wegen der fünftausend Dollar, um die er betrogen wurde. Er konnte die Vorstellung nicht ertragen, dass die Clarks die Versicherungssumme kassieren würden, er empfand Hass für den Süßwarenhändler und seine Frau. Aber noch gab er nicht auf. Vielleicht würde ihm im letzten Moment noch eine Idee kommen. Schließlich darf man die Hoffnung nie aufgeben!

Mr Jones von der Kanzlei Jones und Jones war Notar in Redfield. In seinem Büro sollte die Aushändigung des Schecks durch die Versicherungsgesellschaft stattfinden. Es war der 15. Oktober 1963, elf Uhr fünfzig. Peter Clark wurde von einem Nachbarn hereingeführt. Der Detektiv war bereits anwesend, auch der Notar. Richard Lemmon begrüßte Peter mit folgenden Worten: »Mister Clark, Sie haben gewonnen, Sie sind der Stärkere. Sie bekommen Ihr Geld.«
Peter Clark erwiderte mit matter Stimme: »Ich habe nichts gewonnen. Das Geld ist lediglich die Entschädigung für mein Gebrechen.«
Mr Jones las jetzt den schier endlosen Text des Versicherungsvertrages vor, mit allen Klauseln und Absätzen. Dabei starrte Richard Lemmon den Süßwarenhändler mit seinen Raubvogelaugen an. Und in diesem Moment kam ihm der geniale Einfall, auf den er gehofft hatte. Er wusste, wie angespannt der Mann sein musste, der seit Monaten eine Komödie bis zur Grenze des Erträglichen gespielt hatte. Er hatte die schlimmsten Prüfungen durchgemacht und in wenigen Sekunden würde für ihn alles vorbei sein. Es winkte

ihm die Freiheit, der Sieg. Deshalb hatte diese letzte Falle, die Lemmon gerade in den Sinn gekommen war, alle Chancen zu funktionieren, auch wenn sie plump war.
Er holte aus einer Umhängetasche einen Scheck und hielt ihn dem Süßwarenhändler hin.
»Fünfzigtausend Dollar zu Ihren Gunsten, Mister Clark. Wenn Sie sich bitte überzeugen wollen.«
Und er brach in einen Schrei des Triumphs aus. Clark war in die Falle gegangen. Er hatte automatisch nach dem Scheck gegriffen und die Summe gelesen. Er hatte es also nicht bis zum Ende geschafft, hatte seine Wachsamkeit einen Augenblick zu früh aufgegeben.
Doch seine Euphorie wich plötzlich der Verblüffung. Was bedeutete dies? Der Süßwarenhändler brach nicht zusammen. Er wurde nicht bleich, er stammelte kein unzusammenhängendes Zeug, sondern sagte in aller Ruhe: »Fünfzigtausend Dollar, alles in Ordnung … Oh, Sie haben einen Fleck auf der Krawatte, Mister Lemmon.«
Der Versicherungsdetektiv war sprachlos, brachte kein Wort mehr hervor. An seiner Stelle ergriff der Notar das Wort.
»Aber Sie können ja sehen!«
»Ja, Herr Notar. Genauer gesagt, ich merke, wie mein Augenlicht gerade wiederkehrt. Würden Sie bitte wiederholen, wann die Versicherungsgesellschaft mir im Fall der Blindheit die Summe ausbezahlen muss?«
»Heute, zur Mittagszeit.«
»Es fing mit einem milchigen Nebel an und allmählich wurden die Umrisse schärfer. Als Erstes habe ich die Wanduhr über Ihrem Schreibtisch gesehen, die eine Minute nach Mittag anzeigte …«

So wurde dieses aufregende Blindekuh-Spiel beendet. Emily und Peter Clark kehrten in ihren Süßwarenladen in Redfield, Süddakota, zurück, wo sie in einer Stadt ohne Geschichte wieder zu Menschen ohne Geschichte wurden. Sie zahlten die fünfzigtausend Dollar in eine Stiftung für Blinde ein und Richard Lemmon, dem es nicht gelungen war, Peter Clark zu überführen, wurde von der Versicherungsgesellschaft entlassen.

Ein gewiefter Experte

Italien, 1930. Vladimir Olchyenski kam 1865 in Litauen zur Welt. Da er unter einem guten Stern geboren worden war, schaffte er es, in Amerika die berühmte Harvard-Universität zu besuchen. Alle Professoren waren sich darüber einig, dass Vladimir ein ungewöhnlich begabter Student war. Er begeisterte sich für Malerei, vor allem für die der italienischen Renaissance.

Sobald er seine Diplome in der Tasche hatte, reiste er nach Italien, seinem Traumland, in dem es so viele kostbare Meisterwerke der Renaissance gab, bekannte oder verkannte, anonyme oder verloren gegangene, deren Identität, Familie und Stammbaum wiedergefunden werden mussten. Und bei dieser Jagd nach Schönheit wirkte Vladimir Wunder, obwohl seine ethnische Herkunft a priori wenig mit dem Italien eines Giorgione, Tizian und Leonardo da Vinci gemeinsam hatte. Vladimir erregte mit seinem Instinkt, seiner visuellen Urteilsfähigkeit, seiner hingebungsvollen Arbeit, seinen profunden Kenntnissen und seinen Klassifizierungsmethoden großes Aufsehen. Er brachte in dieses Milieu, das neu für ihn war, das ganze Organisationstalent eines Mannes aus dem Norden ein. Aufgrund seines unfehlbaren Blicks riss man sich um ihn.

Im Lauf der Jahre wurde Vladimir, der seinen Namen kurzerhand gegen Levisson ausgetauscht hatte, die Kapazität für Gemäldegutachten. Überall tauchte der

kleine bärtige Mann von vollendeter Eleganz auf. Schließlich kaufte er sich eine prachtvolle Villa in der Umgebung von Siena. Alle Besucher bewunderten die Gärten, die Säulengänge, den Park und die Springbrunnen. Dann heiratete er und wurde der Liebling der italienischen und internationalen gehobenen Kreise. Hier lernte er auch Harry Campbell kennen, der aus einer angesehenen englischen Familie von Kunsthändlern stammte. Campbell war vor allem auch Geschäftsmann. Er überlegte, dass in den Jahren nach dem Ersten Weltkrieg in Europa, vor allem in Italien, viele Meisterwerke zu vernünftigen Preisen zu erwerben waren. Und dass auf der anderen Seite des Atlantiks, also in den Vereinigten Staaten, Milliardäre lebten, die begierig nach Kultur und Kunst waren und davon träumten, mehr oder weniger geschmackvolle Meisterwerke aus Europa in ihrem Heim aufzuhängen, um sich eine kulturelle Vergangenheit aufzubauen. Ihre Vorfahren, die in den letzten hundertfünfzig Jahren in Amerika an Land gegangen waren, hatten nicht die Muße gehabt, die Kultur in ihre armseligen Koffer zu packen.
Campbell fing als effizienter Geschäftsmann an, den Austausch amerikanischer Dollar gegen italienische Gemälde, insbesondere die der Renaissance, zu organisieren. Seine Vorliebe galt eindeutig den bunten, leuchtenden Gemälden, die Luxus und Lebensfreude vermittelten. Um jedoch die amerikanischen Milliardäre zum Kauf zu bewegen, bedurfte es guter Zertifikate. Und wer war dafür geeigneter als der gewiefte Experte, der berühmte Vladimir Levisson? Dies kam Levisson sehr gelegen, da seine gesellschaftliche Stellung, der Unterhalt seiner italienischen Villa und der

Lebensstil seiner Gattin immer mehr Geld erforderten. Die beiden Männer schlossen also ein Geheimabkommen ab, das durch einen Vertrag besiegelt wurde. Demzufolge erhielt Vladimir, der nun den Codenamen Dolly führte, fünfundzwanzig Prozent des Verkaufserlöses für alle Gemälde der italienischen Renaissance, für die er ein Echtheitszertifikat unterzeichnet hatte.
Vladimir konnte der Versuchung nicht widerstehen, und schon bald fand man in den meisten großen amerikanischen Sammlungen sehr wertvolle Gemälde von Malern, deren Biografie deutlich ausgeschmückt worden war, was den Handelswert erhöhte und somit auch den Anteil, der in Vladimirs Geldbeutel wanderte. Es wäre eine lässliche Sünde gewesen, wenn es dabei geblieben wäre. Anfangs stellte Vladimir, der Experte und Ästhet, nur für die Werke Zertifikate aus, die er selbst gut fand. Doch Campbell forderte, mehr Geschäftsmann als Ästhet, dass alles etwas zügiger ablief. Er drängte Vladimir, seinen Ertrag zu steigern und die Zahl seiner Blitzverkäufe zu erhöhen, und verlangte, dass er auch Zertifikate für Werke ausstellte, die ihm weniger zusagten. Damit wurden die mit Levisson unterzeichneten Zertifikate in den Augen der Experten immer fragwürdiger.
Hinzu kam, dass einige Werke, die von großen Meistern nach dem Geschmack ihrer Epoche ausgeführt worden waren, das heißt der italienischen Renaissance, nicht mehr dem amerikanischen Geschmack zu Beginn des 20. Jahrhunderts entsprachen, auch wenn sie unbestritten künstlerisch wertvoll waren. Levisson, der stets die Auswüchse schlechter Restauratoren anprangerte, sah sich künftig gezwungen, nicht nur für skandalöse Manipulationen zu bürgen, sondern auch dafür zu sor-

gen, dass bestimmte Bilder dem Zeitgeschmack entsprechend umgestaltet wurden, auch wenn er schwor, nichts damit zu tun zu haben. So verlor jene üppige Dame aus dem 16. Jahrhundert, die wunschgemäß Rundungen hatte, ihr Doppelkinn und verwandelte sich aus unerklärlichen Gründen in ein Hollywood-Starlet.

All diese Einzelheiten wurden erst nach dem Tode von Vladimirs Komplizen bekannt. Zuvor hatte es keinerlei Skandal wegen ihrer Manipulationen gegeben, auch wenn diese von einigen beargwöhnt worden waren. Als Campbell, der britische Kunsthändler, der zwischenzeitlich vom englischen König in den Adelsstand erhoben worden war, starb, entdeckte die Kunstwelt nach Bekanntwerden seiner geheimen Archive dessen Absprachen mit »Dolly«. Vladimir, der nach ihm in hohem Alter das Zeitliche segnete, galt noch lange als größter Experte des Jahrhunderts für die italienische Renaissance-Malerei – und als berühmter Zertifikatsfälscher.

Der Mann, der den Eiffelturm verkaufte

Juli 1925. In der Schlange der Taxis, die vor dem Hotel Crillon geparkt waren, faltete der Fahrer des ersten Wagens gerade seine Zeitung zusammen, als die Wagentür aufgerissen wurde. Ein elegant gekleideter Mann – grauer Anzug, Seidenweste und Blume im Knopfloch – nahm auf dem Rücksitz Platz und sagte mit einer betont vornehmen Stimme, die einen leicht ausländischen Akzent verriet: »Zum Eiffelturm.«

Der Taxifahrer erkannte schnell, mit wem er es zu tun hatte: einem reichen Touristen, vermutlich einem Amerikaner. Da dieser aus dem Crillon herausgekommen war, konnte er wohl mit einem guten Trinkgeld rechnen.

Als sie beim Eiffelturm angelangt waren, gab ihm der Mann einen großen Schein und sagte: »Der Rest ist für Sie«, dann stieg er aus.

Der Mann schlenderte unter den Eisenpfeilern auf dem Champ-de-Mars dahin. Doch war er tatsächlich ein Tourist? Er sah nicht gerade danach aus, als wäre er hier, um Sehenswürdigkeiten zu bewundern. Er hatte nicht, wie all die anderen Touristen, einen Fotoapparat über die Schulter gehängt und hatte auch keinen Reiseführer, um darin eifrig zu blättern. Er wirkte entspannt und um seine Mundwinkel spielte ein ironisches Lächeln.

Niemand beachtete ihn, als er den Eiffelturm betrachtete und ihn genauestens untersuchte. Und doch, wenn

die Leute gewusst hätten, woran er in diesem Augenblick dachte, hätten sie die größte Überraschung ihres Lebens erlebt. Denn dieser besondere Tourist mit dem ausländischen Akzent stellte sich, als er die Eisensilhouette betrachtete, die sich zum Himmel erhob, die unglaubliche Frage: Wie viel ist die wohl wert?
Der Mann hieß Victor Lustig. In den letzten Jahren hatte er ungewöhnliche Kunststücke vollbracht. Doch dieser Coup hier würde die Krönung seiner Karriere sein.
Er hatte nämlich vor, den Eiffelturm zu verkaufen.

Wenn man das Glück hat, im Leben gut gestellt zu sein, scheint es, als ob das Schicksal vorbestimmt ist.
Und genau das war der Fall bei Victor Lustig. Er kam 1890 in Hostinne in Österreich-Ungarn als Sohn wohlhabender Eltern zur Welt. Sein Vater, ein Großindustrieller, bekleidete in der kleinen Stadt auch das Amt des Bürgermeisters. Der junge Victor genoss eine hervorragende Erziehung in den namhaftesten Schulen und rechtfertigte im Übrigen durchaus die Hoffnungen, die in ihn gesetzt wurden, auf wunderbare Weise. Erstaunlich mühelos lernte er Französisch und Englisch, war zweifellos begabt für alle literarischen Fächer, und seine Professoren, die voll des Lobes über ihn waren, sagten eines Tages zu seinen Eltern: »Ihr Sohn hat das Zeug, ein guter Anwalt zu werden.«
Doch eine Kleinigkeit sollte alles ändern, nämlich Victor Lustig selbst. Er war gerade neunzehn, hatte soeben seine Examina glänzend bestanden und verspürte ebenfalls den Wunsch, Erfolg zu haben. Allerdings keineswegs so, wie es sich seine Professoren und Eltern vorgestellt hatten. Er wollte sofort Erfolg haben, nicht

erst in zehn, zwanzig Jahren, nein, jetzt sofort. Ohne jemanden zu informieren, reiste er nach Paris. Er hatte eine klare Vorstellung: Er wollte mit allen Mitteln reich werden.
Es war 1909 im Paris der Belle Epoque. Die französische Hauptstadt war die Traumstadt für Wagemutige, besonders für einen Menschen wie Victor, jung, gut aussehend und ohne allzu viele Skrupel.
Mit seinen guten Manieren, seiner hoch gewachsenen Gestalt, seinem prachtvollen blonden Haar und seinem leicht ausländischen Akzent erregte Victor Lustig schnell Aufsehen, vor allem bei den Frauen. Deshalb entschied er sich, den Beruf zu ergreifen, der ihm am schnellsten ein Vermögen einbringen würde: die Zuhälterei.
In der Rue de Lappe war seine aristokratische Erscheinung wohlbekannt. Doch ein unangenehmer Vorfall ließ Victor Lustig schnell erkennen, dass er für dieses Gewerbe nicht geeignet war. Es fehlte ihm eine wesentliche Eigenschaft, die Brutalität. Eines Tages zerschnitt ihm ein übel wollender Konkurrent das Gesicht. Victor gab auf. Er kehrte Paris den Rücken, ohne sich von seinen beiden Schützlingen, der Rothaarigen und der Brünetten, zu verabschieden, um anderswo sein Glück zu versuchen.
Schnell fand er das Ambiente und die Tätigkeit, die ihm viel mehr zusagten: die großen Passagierschiffe und das Spiel. In der gedämpften und luxuriösen Atmosphäre der Salons der ersten Klasse fühlte er sich weitaus behaglicher als auf den hektischen Straßen von Paris. Er pendelte zwischen Le Havre und New York hin und her und lud seine Reisegefährten zum Pokerspiel ein. Er spielte gut, mogelte ein wenig und gewann tausend bis zweitausend Dollar pro Überfahrt.

Kurzum, es war ein angenehmes, bequemes Leben ohne großes Risiko. Es hätte noch lange so weitergehen können. Doch bei der zehnten Überfahrt hatte Victor Lustig eine unerwartete Begegnung, die sein Leben radikal verändern sollte.

Eines Abends, als er gerade auf Kosten eines Amerikaners ein paar hundert Dollar gewonnen hatte, bemerkte er, wie sich ihm ein herrschaftlich aussehender Herr mittleren Alters näherte. Dieser Herr stellte sich höflich vor.

»Ich heiße Nicky Arnstein. Mit großem Interesse habe ich Sie beobachtet, junger Mann. Sie sind begabt, aber Sie benötigen ein paar Ratschläge.«

Bevor Lustig irgendetwas erwidern konnte, dirigierte ihn der Mann zur Bar und sie fingen an, sich zu unterhalten.

Nicky Arnstein setzte sein Glas ab.

»Weißt du, Victor«, nach dem dritten Whisky nannten sie sich beim Vornamen und duzten sich, »wir machen beide das Gleiche. Auch ich verdiene meinen Lebensunterhalt mit Poker. Doch das Wichtigste dabei ist nicht, dass man gut spielen oder gut mogeln kann. Das Wichtigste ist, dass man den anderen in eine Lage versetzt, für die er sich nur selbst verantwortlich machen kann, und er sich sagt: ›Ich bin schuld.‹ Vergiss das nie, Victor. Es ist wichtig, dass dein Opfer nichts tun kann.«

Victor verstand nicht recht. Doch Nicky Arnstein hatte sich bereits erhoben.

»Siehst du den Mann dort, der ganz allein am Tisch sitzt? Das ist ein Großindustrieller aus Boston. Ich habe ihn seit Beginn der Reise im Auge. Schau jetzt zu, wie man es macht.«

Arnstein stellte sich dem Industriellen vor, der trübsinnig in sein Weinglas starrte. Natürlich lud er Arnstein ein, Platz zu nehmen. Es wurden ein paar Belanglosigkeiten ausgetauscht, man redete übers Wetter und dann schlug der Industrielle vor – wie nicht anders zu erwarten: »Haben Sie Lust auf eine Partie?«
Am Nebentisch ließ sich Victor Lustig kein Wort der Unterhaltung entgehen.
Nicky Arnstein hatte sich brüsk erhoben.
»Nein, mein Herr, ich bedaure, es tut mir Leid.«
Der Industrielle protestierte, war verblüfft, verstand die Welt nicht mehr. Da sagte Nicky Arnstein mit sanfter Stimme: »Hören Sie, mein Herr, da Sie mir sympathisch sind, mache ich Ihnen ein Geständnis. Ich bin professioneller Spieler. Sie verstehen, was das bedeutet? Nein, ich will nicht gegen Sie gewinnen, bestehen Sie nicht darauf.«
Der Industrielle riss die Augen auf; sein Blick verriet Ängstlichkeit und gleichzeitig Bewunderung. Er war völlig aufgeregt. Ein professioneller Spieler, ein Falschspieler – das war wunderbar, das war regelrecht aufregend! Endlich geschah etwas auf dieser langweiligen Überfahrt.
Der Industrielle bestellte Champagner. Das Spiel begann. Am frühen Morgen des folgenden Tages war er um fünfzigtausend Dollar ärmer. Trotz der Höhe der Summe war er begeistert. Er hatte für sein Geld etwas erlebt, ein echtes Abenteuer, das er seinen Freunden würde erzählen können.
Victor Lustig hatte die ganze Szene voller Bewunderung verfolgt und seine Lektion gelernt. Er hatte begriffen, dass es nicht genug war, die Menschen einfach nur zu täuschen. Nicky Arnstein hatte Recht, man

musste sie in eine Lage versetzen, für die sie nur sich selbst verantwortlich machen konnten.
Jetzt musste dieses Prinzip nur noch umgesetzt werden. Und Victor Lustig sollte dafür ein einmaliges Talent beweisen, ein Talent, das ans Geniale grenzte.
Fünf Jahre lang fuhr er auf den großen Passagierdampfern zwischen Paris und New York hin und her und wählte seine Kunden, die ihm viel Geld einbrachten, sorgfältig aus. 1914 sah er sich jedoch gezwungen, sein Betätigungsfeld zu verlegen. Die Überfahrten waren zu gefährlich geworden. Er hatte keine Lust, sein Pokerspiel durch einen deutschen Torpedo stören zu lassen.
Folglich konzentrierte er sich auf die Vereinigten Staaten. Warum auch nicht? Er sprach fließend Englisch und Amerika hatte den Vorteil, an dem Krieg nicht beteiligt zu sein, was für einen Schwindler sehr günstig war.
Und in der Neuen Welt bewirkten die guten Manieren – ja, überhaupt die europäische Kultiviertheit des Victor Lustig – wahre Wunder. Wie charmant er doch war, dieser junge österreichische Graf, der so gut Englisch sprach! Er wirkte so vertrauenswürdig.
Natürlich hielt sich Victor auf der anderen Seite des Atlantiks streng an Nicky Arnsteins Lektionen. Er sorgte immer dafür, dass sein Opfer keine Klage gegen ihn anstrengen konnte.
An dieser Stelle geben wir nur ein Beispiel wieder, bloß eines unter vielen anderen, ein Beispiel der Betrügerei, die, frei nach Lustig, einmalig ist.
Der österreichische Schein-Graf hatte erfahren, dass in Salina, einem kleinen Marktflecken in Kansas, eine Farm zu verkaufen war, ein verlassenes, baufälliges Gebäude, das bestimmt nicht mehr als fünfzehntausend Dollar wert war.

Zu dieser Zeit besaß Lustig keinen einzigen Cent mehr. Er hatte nur noch fünfundzwanzigtausend Dollar, angelegt in »Schatzanweisungen der Freiheit«, die zudem noch gefälscht waren. Er sprach, wie immer als selbstbewusster Aristokrat, bei der American Saving Bank vor, jener Bank, die dem bankrotten Besitzer das Gebäude abgekauft hatte.
Der angebliche Graf machte großen Eindruck auf den Direktor, vor allem, als er ihm fünfundzwanzigtausend Dollar für ein Gebäude anbot, das höchstens fünfzehntausend wert war. Er verlangte, es auf der Stelle zu besichtigen, und der Direktor beeilte sich, ihn dorthin zu führen.
Die Besichtigung war schnell vorüber. Graf Lustig sah sich flüchtig die verfallenen Gebäude an, die brachliegende Erde, und sagte beiläufig zum Direktor: »Ich spreche morgen in Ihrem Büro vor und übergebe Ihnen fünfundzwanzigtausend Dollar. Bitte machen Sie die erforderlichen Papiere fertig.«
Am nächsten Tag betrat Victor Lustig, der nach wie vor durch seine europäischen Manieren bestach, die Saving Bank. Der Direktor empfing ihn mit einer tiefen Verbeugung. Er geleitete ihn in sein Büro, wo bereits eine Flasche Champagner bereit stand, um das Geschäft mit einem guten Schluck abzuschließen.
Victor Lustig zog zwei Bündel aus seinen Taschen. Das erste, das in braunes Papier gepackt war, enthielt die fünfundzwanzigtausend Dollar.
»Bitte, zählen Sie nach«, forderte Victor Lustig den Direktor auf.
Der Direktor, der über dieses unerwartete Geschäft überglücklich war, wollte den Kunden, der ihm eine Ruine mit zehntausend Dollar über dem Wert abge-

kauft hatte, nicht vor den Kopf stoßen und erklärte schnell: »Herr Graf, wir bewegen uns doch unter Gentlemen!«

Das zweite Bündel enthielt die »Schatzanweisungen der Freiheit« im Wert von fünfundzwanzigtausend Dollar, die Lustig selbstbewusst auf den Schreibtisch legte.

»Übrigens, könnten Sie mir bitte diese Bons eintauschen?«

Der Direktor, der es eilig hatte, dieses glänzende Geschäft abzuschließen, zögerte keinen Augenblick, lediglich die Bons als Zahlung zu akzeptieren und das Bündel mit den fünfundzwanzigtausend Dollar dem Grafen wieder zurückzugeben.

Die beiden Männer besiegelten das Geschäft mit einem Handschlag. Der Direktor verbeugte sich nochmals und der Graf lächelte gnädig.

Erst ein paar Stunden später stellte der Direktor fest, dass das braune Bündel lediglich Zeitungspapier enthielt und die Bons gefälscht waren.

Doch damit war die Geschichte noch nicht zu Ende, denn der Bankier ließ sich das nicht so einfach gefallen. Er wandte sich an eine private Detektei, die Lustig mühelos ausfindig machen konnte. Dieser war gerade dabei, sich in aller Ruhe in einem Luxushotel einzuquartieren.

Als die beiden Detektive vor Lustigs Zimmer standen, verlor der wiederum keineswegs die Fassung. Er lächelte.

»Was wollen Sie von mir? Dass ich nach Salina zurückkehre und ins Gefängnis gehe? Das wird Aufsehen erregen und zweifellos der Bank schaden. Ich frage mich, was die Kunden sagen werden, wenn sie erfah-

ren, dass der Bankdirektor ein Gebäude, das nicht mehr wert ist als fünfzehntausend Dollar, für fünfundzwanzigtausend verkauft hat und sich ohne weiteres übers Ohr hauen ließ ... Sie sollten ihn vielleicht anrufen und ihn fragen, was er dazu meint.«
Der eine der beiden Detektive griff nach dem Telefonhörer und wiederholte Lustigs Worte. Lustig verstand zwar nicht, was der Bankier erwiderte, doch er erriet es. Er klopfte dem Detektiv auf die Schulter.
»Richten Sie ihm nebenbei auch aus, dass ich noch tausend Dollar mehr will. Sonst gehe ich freiwillig ins Gefängnis und werde einen öffentlichen Prozess in Salina verlangen.«
Victor Lustig bekam seine tausend Dollar. Ja, das war hohe Kunst. Noch nie waren Nicky Arnsteins Prinzipien so getreu angewandt worden. Der Schüler hatte den Meister übertrumpft.

Anfang 1925. Der Krieg war zu Ende. Victor Lustig hatte wenig vom Morast der Schützengräben und dem Gemetzel auf den Schlachtfeldern mitbekommen, was ihm allerdings auch keine Gewissensbisse verursachte. Auch wenn er eine überdurchschnittliche Intelligenz besaß, so war die Moral nicht unbedingt seine starke Seite. Damals hielt er sich wieder in Paris auf. Dieses Mal jedoch nicht, um Geld zu verdienen, sondern um es auszugeben. In Amerika hatten ihm seine Schwindeleien so viel eingebracht, dass er beschlossen hatte, eine Pause einzulegen. Und welche Stadt eignete sich besser als Paris, um hunderttausende von leicht verdienten Dollar unters Volk zu bringen?
Lido, Folies-Bergère, Moulin-Rouge, das Paris der goldenen Zwanzigerjahre bot alles, was erforderlich war,

um das Portemonnaie eines reichen Ausländers zu erleichtern.

Die Monate vergingen. Anfang Juli stellte Victor Lustig fest, dass sein Vermögen zusammengeschmolzen war wie Eis in der Sonne. Also beschloss er zu arbeiten, genauer gesagt, das zu tun, was er unter Arbeit verstand. Er wusste noch nicht, welchen Coup er landen sollte, und verließ sich, wie immer in einem solchen Fall, auf die Inspiration. Als er die Zeitung las, stieß er zufällig auf eine Information, die seine Aufmerksamkeit erregte. Die Stadt Paris hatte zu dieser Zeit ein großes Problem mit dem Eiffelturm. Es mussten Reparaturen vorgenommen werden, doch waren die Kosten so hoch, dass man nicht wusste, wie man das Geld aufbringen sollte. Der Journalist hatte seinen Artikel mit einem Bonmot beendet: »Wird man etwa den Eiffelturm verkaufen?«

Victor Lustig las den Artikel in seiner luxuriösen Suite im Hotel Crillon wieder und wieder. Dabei wurde sein Grinsen immer breiter. Er wusste jetzt, was er tun würde. Der Journalist hatte wohl geglaubt, sich damit einen Scherz erlaubt zu haben. Nun gut, da hatte er sich wohl getäuscht. Er, Lustig, würde ihn beim Wort nehmen und den Eiffelturm tatsächlich verkaufen.

Wenn er erst einmal etwas beschlossen hatte, verlor Lustig keine Zeit mehr. Als er sich vor Ort umgesehen hatte, um den Gegenstand seines zukünftigen Geschäfts in Augenschein zu nehmen, ging er zum ernsteren Teil über. Auf einem Briefbogen mit dem Briefkopf der Stadt Paris, den ihm ein befreundeter Fälscher besorgt hatte, lud er die fünf namhaftesten französischen Schrotthändler ins Crillon ein, um mit ihnen »eine Angelegenheit zu besprechen, die sie interessieren dürfte«.

Zur vereinbarten Zeit fanden sich die Angeschriebenen auch alle in einem Nebenzimmer des Hotels ein, wo ihnen Cocktails serviert wurden. Victor Lustig ließ sie ganz bewusst warten, um ihre Ungeduld und ihre Neugier zu steigern. Dann endlich hatte er seinen theatralischen Auftritt.

»Meine Herren, Sie wissen, welche Probleme die Stadt zurzeit mit dem bedeutendsten Denkmal von Paris hat. Ich meine den Eiffelturm.«

Seine fünf Gesprächspartner blickten ihn erstaunt an.

»Meine Herren, auf ausdrückliches Ersuchen des Präsidenten der Republik, Herrn Gaston Doumergue, und des Präsidenten des Rats bitte ich Sie, das Geheimnis, das ich Ihnen jetzt enthüllen werde, für sich zu behalten. Die Stadt Paris hat beschlossen, den Eiffelturm zu verkaufen, und hat mich als Auktionator bestellt. Die sieben Millionen Eisentonnen des Monuments gehen an den Meistbietenden. Inzwischen bin ich befugt, Sie dort mit der Lage vertraut zu machen. Doch bitte ich Sie natürlich um äußerste Diskretion.«

Die Besichtigung des Eiffelturms in Begleitung der Schrotthändler war der Höhepunkt seiner Laufbahn. Victor Lustig war viel zu gerissen, um nicht zu bedenken, dass die Interessenten Zweifel haben könnten. Die Gutgläubigkeit der Menschen hat ihre Grenzen. Um sie zu überzeugen, gab es nur eine Möglichkeit: noch einen Schritt weiterzugehen und sie zu bluffen.

In Begleitung seiner Gäste ging Victor an der Schlange der Touristen vorbei und steuerte direkt auf den Schalter zu. Dort hielt er dem Angestellten eine Karte mit der Trikolore hin und sagte gebieterisch: »Diese Herren gehören zu mir.«

Der Angestellte ließ sie alle durch. Wie konnten die

Schrotthändler nach dieser Szene noch zweifeln, dass er hochoffiziell von der Regierung beauftragt worden war, den Eiffelturm zu verkaufen?
Und tatsächlich erhielt Victor Lustig acht Tage später das erste Angebot für den Aufkauf der kostbaren Eisentonnen. Es stammte von dem Schrotthändler Poisson, einem Mann mit hoher Reputation. Victor beschloss, sein Angebot anzunehmen, ohne noch das der anderen Bieter abzuwarten. Man darf nie zu weit gehen. Poisson (»poisson« heißt auf Deutsch »Fisch«) war schon von seinem Namen her prädestiniert, weil er ihm ins Netz gehen sollte. Infolgedessen sprach auch nur Monsieur Poisson erneut im Hotel Crillon vor.
Es wäre dieser kleinen Geschichte wegen interessant zu wissen, wie hoch die vorgeschlagene Summe gewesen war und wie hoch wohl ein Schrotthändler das berühmteste Pariser Denkmal einschätzte, das aus ein paar Eisenträgern und Schraubenbolzen besteht. Leider ist das genauso wenig bekannt wie die Höhe des Schmiergelds, das Poisson Victor Lustig bezahlte.
Man weiß lediglich, dass Victor Lustig noch am selben Tag Paris verlassen hat und dass der Schrotthändler es nicht gewagt hatte, Strafanzeige zu erstatten. Er hatte viel zu viel Angst, der Lächerlichkeit preisgegeben zu werden. Dennoch hat sich die Geschichte herumgesprochen. Der bedauernswerte Poisson wurde zum Gespött von ganz Paris und Victor Lustig war mit einem einzigen Coup in den Olymp der genialen Betrüger aufgestiegen.

Victor Lustig ist sein ganzes Leben lang seinem Prinzip treu geblieben. In den Vereinigten Staaten, die er als festen Wohnsitz gewählt hatte, wurde er achtundvierzig Mal festgenommen. Siebenundvierzig Mal blieb er nicht länger als zwei Tage im Gefängnis und dies einzig und allein deswegen, weil sein Opfer die Klage zurückgezogen hatte, da es Angst vor einem Prozess hatte, in dem es eine unsympathische oder gar lächerliche Rolle hätte spielen müssen.

Beim achtundvierzigsten Mal befand sich Lustig in Havanna in Begleitung von Estelle Sweeny, einer achtzehnjährigen Schauspielerin. Da er wieder einmal knapp bei Kasse war, musste er sich auf seine Weise Geld beschaffen. Er gab sich als Hollywoodproduzent aus und es gelang ihm, einem großen Händler in New York vierzigtausend Dollar als Vorschuss für die Finanzierung eines Films abzuluchsen, der natürlich nie gedreht wurde.

In diesem speziellen Fall hatte er sich allerdings nicht an sein Prinzip gehalten. Der Filmmagnat sah keinen Grund, auf eine Strafanzeige zu verzichten. Und so wurde Victor Lustig festgenommen und zu zwanzig Jahren Gefängnis verurteilt.

Das war 1934. 1947 starb er hinter den Gitterstäben von Alcatraz, dem berüchtigten Gefängnis.

Victor Lustig wollte die Dollar ergaunern, um Estelle zu imponieren und sie mit ihr auszugeben. Er war in Estelle verliebt und zum ersten und letzten Mal hatte er den Kopf verloren.

Die Liebe war das Einzige, was in den Prinzipien seines Meisters Nicky Arnstein nicht vorgesehen war.

Die Millionen des Maharadschas

London, 1919. Am Abend des 11. Novembers feierte die gesamte britische Hauptstadt den ersten Jahrestag des Sieges. Überall fanden öffentliche Bälle, Theateraufführungen, private Empfänge und Fanfaren-Aufmärsche statt. In der Albert Hall waren alle Logen besetzt und im Parterre, in dem alle Sitze entfernt worden waren, wiegten sich die Ballbesucher im Walzertakt. Alle waren festlich gekleidet, die Damen trugen schmeichelnde Farben und funkelnden Schmuck.

In einer Loge erregte ein junger Orientale, allem Anschein nach ein Hindu, Aufsehen. Es war Prinz Jarvi Lagdi Jardingh, Großneffe eines Maharadschas aus dem Kaschmir, am Fuß des Himalajas. Der Großonkel, ein sagenhaft reicher Mann, der in ihm seinen Erben sah, hatte den jungen Mann nach Großbritannien geschickt, damit er sich hier mit den europäischen Sitten vertraut machte und zu gegebener Zeit ein starker Maharadscha würde, der fähig war, mit starker Hand und voller Respekt vor der Geschichte seines Landes zu regieren.

Im Augenblick verfolgte Prinz Jardingh in Begleitung seines Sekretärs, der ebenfalls Inder war, mit erstauntem Blick das Schauspiel, das sich ihm hier bot, und bewunderte die blonden Schönheiten mit der hellen Haut und den blauen Augen. Lüsterne Gedanken gingen ihm durch den Kopf und er bombardierte Hauptmann Des-

mond, seinen Leibwächter und Offizier der indischen Armee, der vom Großonkel als Mentor für den jungen Neffen beauftragt worden war, mit Fragen.
In der Nachbarloge taten zwei verheiratete elegante junge Damen, Madame Maxwell und ihre Freundin Madame Langhorn, als bemerkten sie die Blicke des Prinzen nicht. Die beiden Damen waren aber nicht zufällig hier. Madame Maxwell pflegte auf großem Fuß zu leben und verlangte für ihre Gunstbezeugungen ungeheure Preise. Heute war sie als grüne Heuschrecke verkleidet, eine Art Werbung für die Firma ihres Mannes, eines Buchmachers, der offiziell Salben verkaufte, und zwar unter dem Etikett »Salben der Heuschrecke«. Madame Maxwell nahm auf Initiative von Hauptmann Desmond, der sie schon länger kannte und einen Vorzugspreis für ihre Gunstbezeugungen zahlte, an dem Ball teil.
Die Dinge nahmen also ihren Lauf. Die Damen wurden dem Prinzen vorgestellt. Man lächelte sich zu. Im Lauf der nächsten Tage nahm Madame Maxwell in Begleitung ihrer Freundin die Einladung zu einem Essen an – in allen Ehren. Einige Tage danach trug die Leidenschaft ihren Sieg davon und Madame Maxwell wurde die Geliebte des jungen Prinzen Jardingh, während ihre Freundin eine Affäre mit dem Sekretär anfing. Hauptmann Desmond rieb sich vergnügt die Hände.
Der junge Jardingh, der jetzt eine wunderschöne englische Geliebte hatte, glaubte zu träumen. Die Wochen verstrichen. Eines Tages beschlossen die beiden Paare, mit Zustimmung von Hauptmann Desmond, nach Paris zu reisen. Natürlich würde man im Hotel absteigen, denn solche Etablissements waren weniger kleinlich, was die legitime Zugehörigkeit von Paaren anbetraf.

Also genossen die beiden Paare das Pariser Nachtleben, die Oper, die Bars mit Varietee-Darbietungen, die Bälle und das Maxim. Abends kehrten sie erschöpft, aber glücklich ins Hotel zurück, wo sie jede Nacht von neuem im Liebesrausch schwelgten.
Eines Morgens, an einem fahlen 26. Dezember, klopfte es an die Tür von Madame Maxwell. Diese verhüllte züchtig ihre nackten Brüste, als ihr Gemahl, ein französischer Polizeikommissar und ein Schlosser im Gänsemarsch ins Zimmer kamen. Damit wurde Madame Maxwell in flagranti des Ehebruchs überführt. Der Prinz erkannte plötzlich, dass er in der Klemme steckte, und rief Hauptmann Desmond zu Hilfe. Dieser versprach, die Dinge zu regeln, und schlug vor, um einen unangenehmen Prozess zu vermeiden, den gehörnten Ehemann großzügig zu entschädigen.
Der Prinz war mit allem einverstanden. Er wusste nicht, dass der »Ehemann«, der ihn in dem Pariser Hotel überrumpelt hatte, nicht der echte Ehemann von Madame Maxwell war – ein schmächtiger, unauffälliger Mann –, sondern ein Komplize mit athletischer Figur. Um das Problem zu lösen, war Prinz Jardingh, der um seinen künftigen Thron fürchtete, bereit, zwei Schecks zu unterzeichnen. Wenn diese eingelöst wurden, würden sie das Vermögen des Maharadschas um dreihunderttausend Pfund mindern.
Der erste Scheck, ausgestellt auf Monsieur Maxwell und mit der gefälschten Unterschrift desselben versehen, wurde von Hauptmann Desmond eingelöst. Dieser eröffnete in einer angesehenen Bank ein Konto auf den Namen von M. Maxwell, löste den Scheck ein und hob das gesamte Geld ab. Die verschiedenen Komparsen, darin eingeschlossen Madame Maxwell, erhielten ihren

Anteil, viertausend Pfund, eine Lappalie. Es muss erwähnt werden, dass Desmond sie über die Summe, die er dem unvorsichtigen Prinzen entlockt hatte, im Unklaren ließ. Er behauptete, lediglich fünfundzwanzigtausend Pfund erhalten zu haben, also sechs Mal weniger als in Wirklichkeit.

Doch der Hauptmann hatte Pech, denn der echte Monsieur Maxwell erfuhr schließlich alle Einzelheiten des Handels und hörte auch von der Summe, die der Prinz hatte bezahlen müssen. Er war außer sich, weil er nicht einbezogen worden war, und erstattete Anzeige gegen die angesehene Bank. Er warf ihr vor, einen Scheck mit falscher Unterschrift eingelöst zu haben, und verlangte, dass sie ihm die hundertfünfzigtausend Pfund erstattete, die theoretisch für ihn bestimmt waren. Es folgte ein mehrere Jahre dauernder Prozess.

Aus Gründen der Schamhaftigkeit wurde Hauptmann Desmond nicht erwähnt und der Ehemann, der geklagt, aber nichts bekommen hatte, ignoriert. Madame Maxwell und ihre Freundin blieben unbehelligt. Der Prinz, dessen zweiter Scheck – zum Glück für ihn – aufgrund all dieser Verwicklungen nicht eingelöst worden war, kehrte in sein Land zurück und bestieg den Thron seines Großonkels. Der Gauner, der bei der Szene im Hotelzimmer den Ehemann gespielt hatte, stellte sich als Kronzeuge zur Verfügung und ging deshalb straffrei aus. Doch musste der Schurke, der als »technischer Berater« gedient hatte, was bedeutete, dass er die britische Gesetzgebung studiert hatte, zwei Jahre hinter Gitter.

Ein kleines Meisterwerk

Es gibt untrügliche Zeichen, an denen man einen wichtigen Kunden erkennt. Welche das sind, werden Sie fragen. Nun, erstens das Auto: Wenn der Kunde einen Rolls-Royce fährt, ist das bereits ein gutes Zeichen. Und wenn noch ein gut ausgebildeter Chauffeur herbeieilt und die Wagentür aufreißt, dann besteht kein Zweifel mehr, dass es sich um einen wichtigen Kunden handelt.

Im vorliegenden Fall zeigte sich der wichtige Kunde an einem strahlenden Winternachmittag, genauer gesagt am 23. Februar 1964, vor einem Juweliergeschäft an der Place Vendôme in Paris.

Der Juwelier stand bereits an der Türschwelle, um ihn zu empfangen. Der Mann machte einen sportlichen Eindruck und war so um die vierzig. Er war fast unverschämt braun und trug den rechten Arm in einem Gipsverband. Es war anzunehmen, dass er gerade vom Wintersport gekommen war. Selbst ein Nichtfachmann konnte sehen, dass sein elegant geschnittener Kaschmirmantel und sein Anzug von einem ausgezeichneten Schneider stammten; dies fügte sich ins Bild und müsste hier eigentlich kaum erwähnt werden. Mit seiner gesunden Hand trug er eine Aktenmappe aus Leder.

Der Juwelier fragte zuvorkommend: »Kann ich Ihnen behilflich sein?«

Der Herr warf einen blasierten Blick auf den Schmuck in den Vitrinen, wie es alle wichtigen Kunden taten.

»Ich weiß noch nicht so genau … Ich hätte gern etwas Schlichtes, aber Geschmackvolles für meine Frau. Zum Hochzeitstag. Sie verstehen?«

Der Juwelier verstand bestens und holte sogleich eines seiner kostbarsten Schmuckstücke hervor.

»Wie wäre es damit? Eine Margerite aus Rubinen und goldenen Blättern! Ein kleines Meisterwerk!«

Der wichtige Kunde studierte das kleine Meisterwerk schweigend und bat dann darum, weitere Schmuckstücke anzusehen. Fast eine Stunde lang gingen wahre Kunstwerke durch seine Hände. Man holte sie aus Schatullen, die in Schubladen aufbewahrt wurden, die man auf- und wieder verschloss: Armbänder, Ketten, Ohrringe und Anhänger. Der Juwelier erging sich über jedes Schmuckstück in Lobpreisungen, die jedoch weniger überschwänglich waren als die für die Margerite aus Rubinen und goldenen Blättern, die weitaus das teuerste Schmuckstück von allen war.

Man kann sich vorstellen, wie groß die Freude des Juweliers war, als dieser so bedeutende Kunde plötzlich erklärte: »Könnten Sie mir nochmals die Margerite zeigen?«

Sogleich wurde das kostbare Juwel wieder aus der Schatulle geholt, und dieses Mal genügte ein kurzer Blick.

»Sie haben Recht. Es ist wirklich ein Meisterwerk. Ich nehme es.«

Es blieb jedoch noch eine Einzelheit zu klären, da sie für den Kauf entscheidend war, nämlich der Preis …

Der Juwelier beugte sich vor. Ab einer gewissen Höhe spricht man solche Beträge nur noch voller Respekt aus.

»Zweihunderttausend Franc, Monsieur, neue natürlich. Ein Unikat, ein wahres Kunstwerk …«
Der braun gebrannte Kunde ersparte sich eine Bemerkung über dieses Angebot, auch wenn die Summe einen normal Sterblichen hätte erblassen lassen. Nur zum Verständnis: Der Betrag entsprach etwa einer Million alter Franc, ungefähr 35 000 Euro heute. Es gab eigentlich auch nur ein Problem, das er dem Juwelier bereitwillig offenbarte. Aus persönlichen Gründen wollte er bar zahlen. Nur hatte er lediglich hunderttausend Franc bei sich und das reichte nicht aus. Dies schien dem Kunden offensichtlich etwas peinlich zu sein.
Den Juwelier wunderte es nicht, dass der Mann Scheine mit sich führte, deren Wert fünfzig Millionen alter Centimes entsprach. Bei solch zahlungskräftigen Kunden durfte man sich über gar nichts wundern, das war Regel Nummer eins. Andererseits war auch er etwas unangenehm berührt. Er fürchtete, dass ihm das seit Tagen größte Geschäft entgehen könnte. Doch zum Glück hatte der Kunde plötzlich einen Einfall.
»Könnten Sie mir ein Blatt Papier geben? Ich werde meiner Frau eine Nachricht zukommen lassen und sie bitten, hunderttausend Franc aus unserem Tresor zu Hause zu nehmen.«
Der Juwelier beeilte sich, seiner Bitte nachzukommen. Der Kunde griff nach dem Füllfederhalter, den ihm der Juwelier diensteifrig reichte. Da er den rechten Arm im Gips trug, mühte er sich mit der linken Hand ab. Man merkte jedoch sofort, dass er kein Linkshänder war. Er schaffte lediglich ein völlig unleserliches Gekritzel. Entmutigt gab er den Füller zurück.
»Nichts zu machen. Es tut mir wirklich Leid. Ich wer-

de mich mit einem weniger exklusiven Schmuckstück begnügen müssen. Schade um die Margerite!«
Der Juwelier wollte das nicht hören. Wegen so einer dämlichen Kleinigkeit würde er sich doch nicht ein solches Bombengeschäft entgehen lassen!
»Wenn Sie erlauben, ich könnte an Ihrer Stelle schreiben.«
»Das ist eine ausgezeichnete Idee. Ich werde Ihnen diktieren. Also: ›Mein Liebling, könntest du bitte dem Chauffeur einen Umschlag mit hunderttausend Franc geben? Stell ihm keine Fragen. Es handelt sich um eine Überraschung für dich, die dir bestimmt sehr gefallen wird.‹«
Der braun gebrannte Mann lächelte sehr fotogen.
»Das wär's dann. Unterschreiben Sie mit meinem Vornamen ›Georges‹. Um den Rest machen Sie sich keine Sorgen. Es ist zwar nicht meine Schrift, aber meine Frau kennt den Chauffeur.«
Das Schreiben wurde kurz darauf dem Chauffeur übergeben, und während die beiden Männer warteten, dass dieser mit dem Rolls-Royce und den hunderttausend Franc zurückkehrte, unterhielten sie sich. Der Juwelier zog ihn ins Vertrauen:
»Sagen Sie, mein Herr, ich habe doch beim Unterzeichnen nicht etwa eine Fälschung begangen? Wir haben nämlich den gleichen Vornamen.«
Der so wichtige Kunde nahm keinen Anstoß an einer derart vertraulichen Frage. Im Gegenteil, er fand das Ganze recht amüsant und die Unterhaltung drehte sich dann um banalere Themen, wie das Wetter der letzten Woche in Mégève, die Börsenkurse und die Konjunktur …
Eine halbe Stunde später fuhr der Chauffeur wieder

vor. Er überbrachte ein dickes Kuvert, das tausend Hundertfrancscheine enthielt, damals die größten Scheine, die in Umlauf waren. Der Kunde öffnete es, entnahm die Scheine, holte noch einmal den gleichen Betrag aus seiner Aktenmappe heraus und legte ihn daneben. Ein solches Bündel an Geldscheinen sah man in der Tat nur selten.

Der Juwelier, der sich tausend Mal bedankte, brachte das Geld höchstpersönlich zur Kasse. Dabei warf er einen diskreten Blick darauf. Es bestand jedoch kein Zweifel, es waren echte Banknoten von der Banque de France. Kurz danach geleitete er den hochrangigen Kunden zu dessen Rolls-Royce. Er verabschiedete sich überschwänglich, als der Chauffeur die Wagentür aufhielt und seine Mütze zog.

Als der Juwelier nach Hause ging – in ein stattliches Gebäude des 16. Arrondissements –, schwebte er auf Wolken. Endlich war es ihm gelungen, diese Margerite zu einem horrenden Preis zu verkaufen. Das gehörte zu den geheimen, aber fassbaren Freuden, die man von Zeit zu Zeit in einem solchen Geschäft erlebte. Um es zu feiern, würde er seine Frau in ein Restaurant einladen. Sie würde sich freuen, da sie ihm ständig vorwarf, dass er sie wegen seiner Arbeit vernachlässigte.

Als ihm jedoch seine Frau Marinette die Tür öffnete, wirkte sie nicht gerade besonders glücklich, sondern eher angespannt.

»Nun, Georges, wo ist die Überraschung? Weißt du, nachdem ich die hunderttausend Franc aus dem Tresor genommen habe, ist fast nichts mehr übrig geblieben. Und ich wusste auch nicht, dass du einen Chauffeur engagiert hattest.«

Nachdem der unglückselige Juwelier alle Farben des

Regenbogens angenommen hatte, löste er seine Krawatte und trank ein Glas Wasser. Er war gerade um ein Haar einem Herzinfarkt entkommen, denn er hatte sein kaum fassbares Pech erkannt. Dieser bedeutende Kunde war ein großer Betrüger gewesen. Er hatte die Adresse des Juweliers gekannt und einen Komplizen in Chauffeursuniform mit der handgeschriebenen Botschaft zu seiner Frau gesandt. Und so hatte es dieser Betrüger doch tatsächlich geschafft, zumindest teilweise, ein Schmuckstück mit dem Geld des Juweliers zu erwerben. Der Juwelier reagierte seine Wut an seiner Frau ab, was natürlich unfair war und zudem auch keinen großen Wert hatte.

»Marinette, wie konntest du einem Unbekannten hunderttausend Franc geben?«

»Aber Georges, es war doch deine Schrift und deine Unterschrift!«

»Und die Überraschung? Wie konntest du nur auf die Idee kommen, dass ich Geld bräuchte, um dir eine Überraschung zu bereiten?«

Die unglückliche Marinette fing an, ganz erbärmlich zu schluchzen.

»Aber Georges, morgen ist doch unser Hochzeitstag.«

Obwohl der Juwelier Anzeige erstattete, wurde der Mann mit dem Rolls-Royce und dem gebrochenen Arm nie gefunden. Es soll an dieser Stelle jedoch nicht unerwähnt bleiben, dass ihm sein Coup nicht viel eingebracht hat. Hehler kaufen gestohlene Stücke für ungefähr die Hälfte ihres Wertes, und er hat somit vermutlich etwa hunderttausend Franc für die Margerite bekommen, also genau den Betrag, den er vorher selbst ausgegeben hat.

Und wenn der Gauner sie nicht weiterverkauft, sondern verschenkt hat, war er wohl eher eine Art moderner Arsène Lupin, der seine Herzensdame beschenken wollte. Und dies natürlich nur, wenn er diesen kühnen Coup nicht aus Habgier, sondern als schöne Geste geplant hat. Denn man muss zugeben, dass dieser Schwindel, genau wie die Margerite aus Rubinen und goldenen Blättern, ein Meisterwerk war.

Versuchung im Pigalle

Frankreich, 1950. Ein Abend im Pigalle, einem regelrechten Amüsiertempel. Vielfarbige, irisierende Neonlichter lenkten vom Schmutz an den Wänden und in den Herzen der Besucher ab, von aller Falschheit und Täuschung. Im Pigalle gab es viele mehr oder weniger beleuchtete Türen. Uniformierte Türsteher sprachen die Passanten an und forderten sie auf einzutreten, um »die schönsten nackten Frauen von Paris« und weitere Vorführungen zu sehen, die in jenen Jahren vor allem den Provinzler oder den Fremden anlockten. Sex war zu der Zeit immer noch ein Tabu-Thema und es gab noch keine Pornovideos, die man sich in den eigenen vier Wänden genüsslich anschauen konnte. Somit war der Homo touristicus leichte Beute für alle kleinen Gauner, die abends, wenn im Pigalle die Lichter angingen, aus ihren Schlupflöchern krochen.

Einer von ihnen, ein Dichter, war besonders raffiniert. Er bot den Passanten mit einem verschwörerischen Blick einen Gegenstand an, den er in der geschlossenen Hand hielt und der, wenn man ihn flüchtig zu sehen bekam, an eine Nuss erinnerte. Für zehntausend alte Franc konnte man ihn kaufen. Da der Mann sehr darauf bedacht war, dass niemand mitbekam, was er da in der Hand hielt, handelte es sich wohl um etwas höchst Verbotenes, zweifellos etwas Strafbares, was den Reiz noch erhöhte. Angeblich gab es nirgends auf der Welt etwas Faszinierenderes … Und der Tourist, angetrieben von Neugier und dem Verlangen nach etwas Ungewöhnlichem, zückte sein Portemonnaie und holte zehntausend Franc heraus. Der Mann drückte ihm augenzwinkernd den Gegenstand in die Hand und sorgte höchstpersönlich dafür, dass der Passant die Hand darum schloss, vermutlich aus Angst, ein Polizist könne die höchst verbotene Transaktion beobachten.

Der Tourist entfernte sich mit seinem Neuerwerb und suchte eiligst eine ruhige Ecke, um ihn, geschützt vor neugierigen Blicken, zu begutachten. Auf den ersten Blick sah dieser wirklich wie eine Nuss aus. Nachdem er ihn unendlich vorsichtig geöffnet hatte, erkannte er zu seinem großen Erstaunen, dass es sich tatsächlich um eine Nuss handelte. Für zehntausend Franc hätte er einige Kilo Nüsse kaufen können.

Der Homo touristicus hatte Glück, wenn er standhaft blieb und sich nicht von anderen Händlern verlocken ließ, die ihm, verborgen unter einem Mantel, da es eine höchst züchtige Zeit war, Nacktfotos anboten. Ließ er sich tatsächlich zum Kauf verleiten – besonders gefährdet waren französische oder amerikanische Soldaten, die dienstfrei hatten – und zückte er seine Dollar oder Franc, drückte ihm der Verkäufer schnell ein Päckchen in die Hand, das in festes Zellophanpapier verpackt war. Wenn der Kunde das hermetisch verschlossene Päckchen öffnete, musste er feststellen, dass er gerade sehr viel Geld für die Fotos der bekanntesten Aktgemälde großer Meister, die im Louvre oder anderen berühmten Museen ausgestellt waren, ausgegeben hatte. Wenn er sich überreden ließ, Fotos von »nœuds« (auf Deutsch: männliche Geschlechtsteile) zu kaufen, entdeckte er verärgert, dass es Ansichten der Gemeinden

Nœuds-les-Mines oder Nœuds-les-Axis waren oder einfach Abbildungen von Seemannsknoten.
Der Tourist, der trotz allem entschlossen war, »unzüchtige« Freuden zu genießen, setzte seinen Bummel fort. Ganz offensichtlich konnte man in dem von Neonlichtern erhellten Pigalle niemandem trauen. Dennoch ließ er sich noch ein letztes Mal von einem diskreten Angebot verlocken. Ein Mann flüsterte ihm ins Ohr: »Interesse an Pornofilmen?«
In den Fünfzigerjahren waren Pornofilme offiziell noch verboten. Der Tourist erklärte sich also einverstanden und fragte: »Wie viel?«
»Zehntausend Franc.«
Er folgte dem Mann, der ein Hinterhaus betrat, eine Treppe hochging und ein bürgerliches Wohnzimmer betrat. Mehrere Männer saßen auf klapprigen Stühlen und warteten, dass ein Herr vor einer weißen Leinwand, offensichtlich der Veranstalter des Abends, endlich den Filmprojektor, neben dem er stand, einschaltete. Der »Filmvorführer« streckte die Hand aus und der »Tourist« reichte ihm das schön zurechtgemachte Ticket. Da niemand mehr erwartet wurde, schaltete man das Licht aus und der Film begann, untermalt von bizarren Geräuschen. Zuerst sah man weiße Zahlen auf dunklem Grund.
Plötzlich wurde jedoch die Tür des Zimmers aufgerissen, ein Mann machte das Licht an und brüllte: »Achtung, die Bullen!«
Die Gäste, die keine Lust hatten, bei einer Razzia erwischt zu werden, sprangen auf und stürmten hinaus. Der Filmvorführer schaltete gemächlich den Projektor aus, zog die Zehntausendfranctickets aus der Tasche und fing an, sie zu zählen. Dann verkündete er seinen

Komplizen: »In zwanzig Minuten findet die nächste Vorstellung statt.«
Natürlich waren weit und breit keine »Bullen« in Sicht. Um jedoch nicht gegen das Gesetz zu verstoßen, ging der Vorführer des »Pornofilms« kein Risiko ein. Sollten seine Gäste bleiben, um sich den Film anzusehen, würden sie lediglich einen langweiligen Dokumentarfilm über die romanischen Kapitelle von Vézelay zu sehen bekommen. Übrigens ist diese amüsante kleine Begebenheit in dem Film *Le Tueur* von Denys de La Patellière zu sehen, in dem Fabio Testi und der unvergessliche Jean Gabin mitwirkten.

Die kleinen Schweine

Herr und Frau Müller waren begeistert, und wie! Dieser auf dem Land, auf dem Hof von Hogeville verbrachte Sonntag war in jeder Hinsicht ein Erfolg. Offen gesagt hatten sie das nicht erwartet. Zuerst war da das Essen, das man ihnen in dem kleinen Restaurant im Freien serviert hatte, mit dem auf bayerische Art zubereiteten Kraut und den Cremetorten. Diese Landesküche bereitete Vergnügen, wenn man bis ans andere Ende der Welt, bis nach Kanada, ausgewandert war.

Und dann wurde getanzt. Sie hatten sich verliebt im Walzertakt gedreht, wie in den guten alten Zeiten. Und schließlich war da, zur Krönung des Ganzen, dieser luxuriös angelegte Swimmingpool, in dem sie an diesem schönen Julitag des Jahres 1962 geschwommen waren.

Ja, ihr Gastgeber, John Schmidt, hatte alles wunderbar organisiert. Er war übrigens ein charmanter Mann, der sich trotz der vielen Gäste rührend um sie kümmerte. Dieser Mann wirkte so schlicht in seiner Bauernlatzhose und war doch so beeindruckend. Man spürte, dass er ein Gentleman war.

Und dann kam der heiß ersehnte Augenblick, der eigentliche Anlass für ihre Anwesenheit in Hogeville. Herr und Frau Müller gingen Arm in Arm auf ein kleines, etwas abseits gelegenes Gebäude zu. Endlich würden sie Hans, ihren kleinen Hans, ihren lieben kleinen Hans wiedersehen …

John Schmidt erwartete sie in dem Gebäude, erhaben und freundlich wie zuvor. Und neben ihm stand Hans.

Herr und Frau Müller stießen unwillkürlich Worte der Bewunderung aus: »Wie hübsch er ist, wie niedlich und schon so groß für sein Alter!«

Hans selbst nahm diese rührenden Zärtlichkeitsbezeugungen relativ gelassen entgegen. Er begnügte sich damit, ein paar Grunzlaute auszustoßen, was eigentlich auch nicht erstaunlich war, da Hans ein reizendes Schweinchen von sechs Monaten war.

Um diese Geschichte zu verstehen, muss man etwas zurückgreifen. Es war zu Beginn des Jahres 1962 in einem Kinosaal in Toronto. An jenem Abend hatten sich etwa hundertfünfzig Angehörige der deutschen Kolonie der Stadt eingefunden, meist einfache Leute, Arbeiter aus der Metall-, Automobil- und Chemieindustrie.

Ein Mann ergriff das Wort. Es war Karl Zeller, Inhaber eines Kaufhauses in Toronto und der Vorsitzende der deutschen Kolonie. Er war klein, rotgesichtig und etwas zu elegant gekleidet.

»Meine lieben Freunde, heute will ich euch einen unserer Landsleute vorstellen, der euch hochinteressante Dinge zu erzählen hat. Hier ist John Schmidt!«

Ein neugieriges Gemurmel ging durch den Saal, während sich der rote Vorhang hob und ein etwa vierzigjähriger Mann mit dem Verhalten eines Playboys erschien. Er hatte blaue Augen, blonde Haare und ein fotogenes, selbstsicheres Lächeln. Mit geschmeidigen Schritten näherte er sich dem Mikrofon. Die Zuhörer hingen bereits wie gebannt an seinen Lippen. Sie wur-

den nicht enttäuscht, denn John Schmidt kam direkt zur Sache.
»Meine Freunde«, fing er in perfektem Deutsch an, »ich kenne eure Probleme. Ihr habt eure Heimat unter schwierigen, oft schmerzlichen Umständen verlassen, und hier habt ihr schwierige Arbeitsbedingungen und niedrige Löhne vorgefunden …«
Eifriges Kopfnicken bewies die vollkommene Zustimmung der Anwesenden.
»Ich bin seit 1952 in Kanada und habe die Chance erhalten, die ihr alle verdient. Ich hatte Erfolg. Aber ich habe nicht das Recht, den Reichtum, den ich meiner Arbeit verdanke, für mich zu behalten. Ich sehe mich gezwungen, habe die moralische Pflicht, sie mit meinen ehemaligen Landsleuten, mit euch, zu teilen …«
Dieses Mal verwandelte sich die Neugier, vermischt mit Sympathie, in wahre Begeisterung. Viele Ohs und Ahs wurden laut und der Redner erhielt spontanen Beifall. John Schmidt, der wusste, wie man damit umging, wartete ein paar Augenblicke, dann fuhr er in vertraulichem Ton fort:
»Wisst ihr, Freunde, vor einiger Zeit habe ich ein Grundstück in Hogeville, zwanzig Kilometer von hier entfernt, gekauft. Ich möchte dort eine Farm für die Schweinezucht einrichten. Eine Art von Zucht jedoch, die es noch nie gegeben hat. Ich habe eine Gesellschaft, die ›Vereinigten kanadischen Züchter‹, gegründet. Ich bin der Präsident und Herr Zeller, der hier ist, fungiert als Generalsekretär. Doch eine Gesellschaft kann ohne Gesellschafter nicht funktionieren und diese Aktionäre werdet ihr sein.«
John Schmidt legte den immer aufgeregter werdenden Zuhörern den Mechanismus seines Unternehmens

dar. Die Gesellschaft würde sich auf Aktien aufbauen, wobei jede Aktie im Wert von hundert kanadischen Dollar zum Besitz eines Schweins berechtigte. Nach sechs Monaten könnte der Eigentümer das Schwein mit einem Gewinn von vertraglich festgelegten vierzig Prozent verkaufen oder es in der Zucht lassen und stattdessen seine Nachkommen erwerben. Ein bescheidener Beitrag würde für die Nahrung erhoben und tote Tiere würden automatisch ersetzt werden. Man könne ein oder mehrere Schweine kaufen, aber, so schloss Schmidt mit Nachdruck, der Besitzer eines einzigen Tieres würde genauso viel Achtung genießen wie alle anderen Teilnehmer.

Dieses Mal tobte der ganze Saal. Alle Zuhörer sprangen gleichzeitig von den Sitzen auf und stürmten auf die Bühne. Man umringte John Schmidt, drückte ihm die Hand und gratulierte ihm. Der Held des Tages wechselte mit allen ein paar Worte, während Karl Zeller, der etwas abseits stand, gleichsam über den Wolken schwebte. Er hatte die Idee gehabt, John Schmidt einzuladen, und das Ansehen seines Gastes würde unweigerlich auf ihn ausstrahlen.

Für die »Vereinigten kanadischen Züchter« war der Abend mehr als ein Erfolg, er war ein Triumph. Von den hundertfünfzig anwesenden Personen kauften etwa hundert sofort ein oder mehrere kleine Schweine. Und am nächsten Tag kehrten weitere dreißig zurück, um weitere Schweine zu kaufen. Der Grund, weshalb sie gestern nicht gleich zugegriffen hatten, lag nicht darin, dass sie ihren Entschluss noch einmal hätten überdenken wollen, sie hatten einfach ihr Scheckheft vergessen.

Das war im Übrigen erst der Anfang. In der deutschen

Gemeinde von Toronto verbreitete sich die Neuigkeit wie ein Lauffeuer. In wenigen Wochen konnte die Gesellschaft tausend Aktionäre registrieren und es gingen weiterhin Schecks ein. Einige begnügten sich mit einem Scheck in Höhe von hundert Dollar, dem Preis für eine Aktie und einem Schweinchen, aber andere, nicht unbedingt die Reichsten, setzten ihr ganzes Vermögen ein. Schließlich wurden mehr als fünfzigtausend Dollar, wenn nicht gar noch mehr, in Aktien verbucht.

Viele wurden bei diesem Geschäft nicht nur von dem Verlangen nach Gewinn getrieben, sondern sahen darin auch eine Art willkommene Abwechslung, ein Abenteuer gewissermaßen. Und das hatte John Schmidt von Anfang an erkannt. Die neuen Aktionäre waren sowieso alle normale Bürger, Fabrikarbeiter oder Ladenbesitzer. Von der Zucht verstanden sie nichts und das Schwein war für sie nicht mehr als eine Zutat zum Sauerkraut. Ein eigenes Schwein zu besitzen, ein lebendes, was für ein Erlebnis! Und dann waren da die Wochenenden, die die Erfindung, ja eigentlich der Geniestreich von John Schmidt waren. Er hatte sich als brillanter Organisator bewiesen.

In Hogeville ließ er auf seinem Grundstück, zwanzig Kilometer von Toronto entfernt, nicht nur eine vorbildliche Farm für die Aufzucht von Schweinen einrichten, sondern auch einen ganzen Freizeitpark mit Bar, Restaurant, Tanzlokal und einem Hotel mit Schwimmbecken. Für die Bewohner der Industrievororte von Toronto wurde dieser Ort von heute auf morgen zu einem begehrten Ausflugsziel an den Wochenenden zur Zerstreuung und Flucht aus dem Alltag. Das war die Gelegenheit, deutsche Einwanderer zu treffen

und vor allem die Freuden der Zucht zu genießen, ohne etwas davon verstehen zu müssen und ohne mit den damit verbundenen materiellen Problemen belästigt zu werden.
John Schmidt regierte über diese kleine Welt in Hogeville als perfekter Hausherr. Er zeigte allen Wochenendbesuchern höchstpersönlich ihr Schwein – ihr eigenes Schwein, das man am Geburtsdatum und an dem Vornamen erkannte, den die Aktionäre ihm gegeben hatten. In einer speziell dafür errichteten Scheune fand jeden Sonntag eine lange Prozession statt. Auf der einen Seite marschierten die Besitzer und auf der anderen die kleinen Schweine mit den metallenen Identitätsschildern um den Hals. Nach einem kurzen Gespräch, bei dem John Schmidt über die Gesundheit des jeweiligen Schweins informierte, zog jeder wieder höchst zufrieden seines Weges.

Dies war also das bedeutende Werk, das John Schmidt auf die Beine gestellt hatte. Bald besaß in der deutschen Gemeinde jeder, oder fast jeder, sein eigenes Schwein und war mindestens schon einmal in Hogeville gewesen. Die Vertragsbedingungen wurden peinlichst genau beachtet.
Nach sechs Monaten schlug Schmidt dem jeweiligen Eigentümer tatsächlich vor, das Schwein für vierzig Prozent mehr, als der Kaufpreis ausgemacht hatte, weiterzuverkaufen. Doch war niemand daran interessiert. Man wollte vielmehr diese originelle, so rentable und unterhaltsame Investition behalten. Nach einem Jahr waren die »Vereinigten kanadischen Züchter« mit zwanzigtausend Aktien, die zwanzigtausend Schweinen entsprachen und zwei Millionen kanadi-

schen Dollar eine der dynamischsten Gesellschaften Torontos.
Alle waren begeistert, angefangen bei Karl Zeller. Der kleine Mann hätte nie gedacht, dass seine undankbare Aufgabe als Vorstand der deutschen Gemeinde ihm eines Tages etwas einbringen würde. Und doch war es so. Er bezog ein regelmäßiges Gehalt und Schmidt – entsprechend den Vertragsbedingungen – kümmerte sich um alles.
Folglich war Karl Zeller etwas überrascht, als er Anfang September 1963, einem Sonntag, einen Anruf von John Schmidt erhielt.
»Mein lieber Zeller, ich bin heute den ganzen Tag nicht da, weil ich Geschäfte in Montreal zu erledigen habe. Ich rechne mit Ihnen und damit, dass Sie mich unterdessen in Hogeville vertreten werden.«
Zeller protestierte zuerst ein wenig, aber Schmidt fand die richtigen Worte, um ihn zu beruhigen: »Es ist wirklich nicht schwierig. Sie sorgen nur dafür, dass es niemandem an irgendetwas fehlt, und Sie holen die Tiere heraus, um sie den Besuchern zu zeigen, wenn diese es wünschen. Sie werden sehen, es ist ganz einfach. Auf jeden Fall bin ich morgen zurück.«
Leicht missgelaunt fuhr Zeller zu der vorbildlichen Farm. Als er in seinem dicken amerikanischen Wagen über die geraden Landstraßen Torontos fuhr, kehrte seine gute Laune zurück. Im Grunde war er gar nicht so unglücklich über diesen unerwarteten Ausflug. Bisher war er nur zwei Mal in Hogeville gewesen, sozusagen als Besucher, denn Schmidt war hier der Alleinherrscher, der alles kannte und dafür sorgte, dass alles funktionierte.
Und jetzt würde er sich mit eigenen Augen davon

überzeugen, wie alles lief, würde höchstpersönlich erkunden, was es mit der Gesellschaft »Vereinigter kanadischer Züchter« auf sich hatte.
Nach einer viertelstündigen Fahrt parkte Karl Zeller seinen Wagen auf dem hervorragend angelegten Parkplatz. Hogeville besaß Gebäude, die funktional ausgestattet und zugleich gemütlich waren. Er lächelte zufrieden. Das Restaurant, das Hotel, das Tanzlokal und der Pool waren sehr hübsch. Hier war wirklich gute Arbeit geleistet worden. Lediglich die Gebäude, in denen die Schweine untergebracht waren, erstaunten ihn ein wenig. In seiner Erinnerung waren sie viel größer. Er würde sie sich anschauen. Dafür war er ja hier.
Wo waren die Schweine? Er müsste sich einfach nur genau erkundigen, sagte sich Karl Zeller und machte sich gleich auf die Suche nach einem Angestellten. Doch auch das Personal erschien ihm heute viel weniger präsent zu sein, als er erwartet hatte. Kaum jemand schien sich um Hogeville zu kümmern, das doch mit zwanzigtausend Schweinen eine der größten Schweinezuchten des Umkreises darstellen sollte. Aha, da war ja ein Farmjunge, der auf einem Schubkarren Streu geladen hatte. Zeller sprach ihn mit einem freundlichen Lächeln an: »Sag mal, mein Junge, wie viele Tiere sind hier?«
Der Junge erwiderte, ohne stehen zu bleiben: »Zweitausend. Vielleicht auch ein paar mehr oder weniger … Ich rate Ihnen, sich an Herrn Schmidt zu wenden.«
Karl Zeller überlegte. Aber ja, Schmidt hatte ihm doch irgendwann erzählt, dass das Unternehmen noch drei weitere Farmen besaß. Die anderen Schweine befanden sich sicherlich dort und man musste sie wahr-

scheinlich jedes Mal, wenn es ihre Eigentümer wünschten, nach Hogeville bringen.
Karl Zeller ging immer noch neben dem Jungen mit der Schubkarre her. »Kommen häufig Schweine von den anderen Farmen hierher?«
Der Junge zuckte die Achseln. »Ich weiß nicht, ich bin darüber nicht auf dem Laufenden. Sie sollten besser Herrn Schmidt fragen.«
Karl Zeller schwor sich, diesen Herrn Schmidt sofort nach seiner Rückkehr zu fragen, und zwar spätestens in aller Frühe am nächsten Morgen. Inzwischen erforschte er weiterhin die Farm. Er stieß auf ungefähr zweitausend Schweine, doch zu seinem Erstaunen trugen sie nicht ihr berühmtes Identitätsschild um den Hals. Und noch seltsamer war, dass Karl Zeller diese Schilder, alphabetisch geordnet, in einem kleinen Nebengebäude fand. Es waren um die zwanzigtausend, also eines pro verkauftem Schwein.
Der unglückselige Vorsitzende der deutschen Gemeinde von Toronto hatte alles durchschaut. Es hatte nie eine andere Farm als Hogeville gegeben. Die »Vereinigten kanadischen Züchter« hatten alles in allem zweitausend Schweine, zweitausend Schweine und … zwanzigtausend Identitätsschilder gekauft. Er schickte die Sonntagsbesucher, die ihn ansprachen, ob sie ihren kleinen Helmuth oder ihre kleine Frida sehen könnten, auf einen Spaziergang. Was konnte er jetzt tun? Es war Sonntag, alles war geschlossen, vor allem die Banken. Er musste den folgenden Tag abwarten.
Nachdem er am Montag vergeblich versuchte, Schmidt telefonisch zu erreichen, rief er die Bank an und erkundigte sich nach dem neuesten Kontostand. Man erwiderte ihm höflich: »Tausend Dollar.«

Karl Zeller rang nach Atem.
»Aber es müssten zwei Millionen Dollar auf dem Konto sein.«
Der Bankangestellte antwortete ihm in gleicher Weise ruhig und höflich: »Ja, diese Summe wies es noch am Samstag auf, bevor Herr Schmidt das Geld abgehoben hat, und zwar in Form eines Schecks in Höhe von einer Million neunhundertfünfzigtausend Dollar zu seinen Gunsten. Hallo. Hallo …«
Als die kanadische Polizei, die von dem fassungslosen Karl Zeller benachrichtigt worden war, die Suche nach John Schmidt aufnahm, war es bereits zu spät. John Schmidt war für immer in den Toiletten des Flughafens von Montreal verschwunden. »John Schmidt« war nichts anderes als ein Name auf einem gefälschten Pass, der nutzlos war.
Der Mann, der sich jetzt nicht mehr John Schmidt nannte, machte es sich in einem Sessel der ersten Klasse in einem Flugzeug der Swissair bequem. Warum er die Swissair gewählt hatte? Natürlich deshalb, weil man, wenn man diskret eine Million neunhundertfünfzigtausend kanadische Dollar anlegen wollte, in die Schweiz reiste.
In Toronto spielte sich in der kleinen Welt der deutschen Gemeinde ein echtes Drama ab. Einige Anleger hatten alles verloren. Für alle waren plötzlich die Wochenenden in Hogeville mit der guten Küche, der Tanzfläche, dem Pool und dem Besuch bei den kleinen Schweinen tatsächlich nur noch eine Erinnerung, eine bittere Erinnerung …
Da die örtliche Polizei nichts mehr ausrichten konnte, wurde die Suche umso eifriger von Interpol betrieben.

Vom Hauptsitz im französischen Saint-Cloud aus verschickten die Kanadier alle Informationen, über die sie verfügten. Auch wenn sie nicht die Fingerabdrücke von John Schmidt besaßen, so hatten sie doch sein Foto, das im Übrigen auch in der Lokalpresse erschienen war. Zudem verfassten sie eine genaue Beschreibung des Betrugs selbst. Denn häufig ist die Handlungsweise von Kriminellen genauso aufschlussreich wie ihr Gesicht. Sie stellt gewissermaßen eine Signatur dar. Es genügt, sie mit weiteren Delikten, die in anderen Ländern begangen wurden, zu vergleichen und die Lösung bietet sich sozusagen von selbst an.
Der Interpol-Hauptsitz in Saint-Cloud verschickte also an alle nationalen Dienststellen auf der ganzen Welt einen Fragebogen über John Schmidt, der alle von den Kanadiern gelieferten Informationen enthielt.
Und erstaunlicherweise kam eine erste Antwort ganz aus der Nähe, nämlich aus Paris. Das französische Büro, das die Methoden verglichen hatte, fand eine erstaunliche Ähnlichkeit zwischen dem Schwindel in Hogeville und einem anderen, der schon fünfzehn Jahre zurücklag. Bereits 1946 hatte ein gewisser Pierre Lafitte auf dem Schwarzmarkt einen Handel mit kleinen Schweinen, die es nicht gab, betrieben. Er hatte dann die Flucht ergriffen und war vermutlich nach Amerika geflohen.
Und etwas später wurde auch das letzte Teilchen des Puzzles gefunden. Interpol in Deutschland identifizierte den Mann als den Betrüger Helmut Sturm, der das Land nach dem Ende des Krieges verlassen hatte …
Dieses Mal war es allerdings das Aus für den Ganoven. Sturm alias Pierre Lafitte alias John Schmidt, der mehr denn je den Playboy spielte, wurde in seiner luxuriösen Villa in Barcelona aufgespürt und festgenommen.

Als die spanischen Polizisten etwas später sein Anwesen durchsuchten, entdeckten sie zu ihrer großen Überraschung seine Glücksbringer. Hinter dem Pool des Milliardärs fand man in einer Hütte in dem Kiefernwald, der an den Privatstrand grenzte, einige kleine Schweine.

Kleiner Streichholzhandel

Schweden, 1923. Iwan Kreuger, ein geschäftiger Schwede, ließ sich in seinem waldreichen Land auf Geschäfte ein, die viel Holz, genauer gesagt kleine Holzstückchen, ja Milliarden von kleinen Holzstückchen erforderten. Er stellte nach einem von ihm ausgeklügelten System Streichhölzer her. Erstklassige Streichhölzer, die sofort brannten, allerdings nur auf Wunsch, nicht durch Zufall.

Iwan war ein schöner Mann, was natürlich die Geschäftskontakte erleichterte, und er verkaufte ein gutes Produkt. Zuerst in Schweden, dann im Ausland und in der ganzen Welt, denn jeder Mensch benötigte Streichhölzer. Doch als Kreuger damals in fremde Länder reiste, erlebte er mehr als einmal eine unangenehme Überraschung, denn in einigen mehr oder weniger großen Staaten war die Herstellung von Streichhölzern ausschließlich dem Staat vorbehalten. Dieser hatte das Monopol, die Steuerhoheit, und es war nicht daran zu denken, dass ein Schwede, mochte er noch so begabt sein, der Regierung Konkurrenz machte.

Kreugers Geschäfte florierten jedoch und seine Bankkonten waren gut gefüllt. Eines Tages teilte ihm die Regierung eines winzigen europäischen Staates zufällig mit, dass sie finanzielle Probleme hatte. Kreuger hatte sofort eine Lösung parat. Er schlug dem Staat, dem er gerne ein Darlehen gewähren würde, vor, ihm ganz diskret das Monopol für Streichhölzer zu über-

lassen. Damit alles gut funktionierte, trieb er mithilfe großzügiger Bestechungsgelder – überall gibt es korrupte Beamte – die Dinge voran.
Natürlich waren diese Abmachungen geheim, sogar äußerst geheim. Kreuger selbst hatte einmal verkündet, dass die absolute Geheimhaltung in Geschäftsdingen der Schlüssel zum Erfolg sei. »Absolutes Schweigen« war sein Motto. Das war umso verständlicher, da er seit vielen Jahren ein kleines Laster pflegte, nämlich die Fälschung der Buchhaltung. Er war nicht nur ein Experte in der Herstellung von Streichhölzern, sondern auch im »Frisieren« von Konten. Er war so geschickt, dass die Steuerprüfer, die ihre Nase in seine Bücher steckten, rot sahen, weil sie keinen Durchblick hatten. Wenn ihm eine zu indiskrete Frage gestellt wurde, hatte er sofort eine Antwort parat: Seine Abmachungen mit verschiedenen Regierungen unterlagen strengster Geheimhaltung, waren also ein Staatsgeheimnis.
Dank seiner gefälschten Buchhaltung konnte Kreuger Darlehen bei den Banken aufnehmen. Diese freuten sich, ihn zu ihren Kunden zählen zu dürfen. Die Finanzdirektoren, die die Gelegenheit hatten, ihn in seinen luxuriösen Büroräumen in Stockholm aufzusuchen, waren tief beeindruckt, da sie mit eigenen Ohren vernommen hatten, wie Kreuger Anrufe verschiedener Regierungen entgegengenommen hatte. Es war ihnen aber entgangen – Pech für sie –, dass es unter den vielen Telefonanschlüssen in Kreugers Büro einen gab, der mit einem unauffälligen Knopf versehen war. Kreuger konnte ihn nach Belieben betätigen und fingierte als ausgezeichneter Schauspieler die »internationalen Gespräche«, um die Besucher zu beeindrucken. Manchmal

diente ihm das falsche Telefon auch dazu, einen ungebetenen Besucher vor die Tür zu setzen.
Doch die große Wirtschaftskrise in den Dreißigerjahren wirkte sich nicht nur auf Amerika und Europa, sondern auch auf die schwedischen Streichhölzer aus. Iwans instabile Finanzen und seine Geschicklichkeit, Kredite zu erhalten, stießen auf ein großes Problem. Die Darlehensgeber wurden immer seltener und die Zinsen waren unerschwinglich. Obwohl sich Kreuger gelassen gab, war er in einer verzweifelten Lage. Folglich begab er sich zu einer belgischen Bank und überreichte dem Direktor einen dicken Umschlag, der angeblich vierhundert Millionen Franc enthielt. Einen solchen Kunden überprüfte man natürlich nicht … Also stellte der Direktor eine Quittung aus. Als eine spätere Kontrolle jedoch ergab, dass der Umschlag nur knapp fünf Millionen Franc enthielt, war Kreuger zerknirscht und erklärte, es handle sich lediglich um ein Versehen. Er gab die Quittung zurück, vergaß aber zu erwähnen, dass ihm diese inzwischen dazu verholfen hatte, bei einer anderen Bank ein Darlehen aufzunehmen.
Doch alles wurde immer komplizierter. Kreuger, der noch immer von seinem guten Ruf zehrte, befasste sich jetzt mit wenig spektakulären Betrügereien, nämlich mit der Herstellung falscher Dokumente für italienische Banken – falsche Kontoauszüge, gefälschte Unterschriften. Es ging um eine Summe von einundsiebzig Millionen Dollar. Noch hielt sich Kreuger über Wasser, auch wenn sich sein Schiff voller Streichhölzer allmählich immer mehr mit Wasser füllte.
Eines Tages musste er einen Teil seines Imperiums verkaufen, nämlich die schwedische Telefongesellschaft,

die zur International Telephone and Telegraph Company in New York gehörte. Aus Amerika kam ein ganzes Flugzeug voller Experten, die die ganze Buchhaltung durchkämmten. Vorbei war es mit Stillschweigen und Staatsgeheimnissen, als man entdeckte, dass der Streichholzgigant offensichtlich auf schwachen Beinen stand. Die interessante Neuigkeit war schließlich in allen Finanzzeitungen der Welt zu lesen. Kreuger, der sich zurückgezogen hatte, erhielt noch einmal ein Darlehen von einer schwedischen Bank, allerdings unter der Bedingung, dass seine ganze Buchhaltung überprüft wurde. Als er dann in Paris anlangte, erfuhr er, dass seine falschen italienischen Bankauszüge bereits unter die Lupe genommen worden waren.

Am nächsten Tag war er tot. Er hatte sich eine Kugel in den Kopf geschossen. Es dauerte dreizehn Jahre, bis man all seine Betrügereien, deren Gesamtsumme höher als das damalige Gesamtbudget Schwedens gewesen war, aufgedeckt hatte.

Die teuerste Kreuzfahrt der Welt

Franz Deker, Philologieprofessor, fünfzig Jahre alt, Junggeselle, war an jenem 21. Januar 1951 ziemlich betreten. Er saß mit zehn anderen Männern an einem riesigen Konferenztisch in einem luxuriösen, herrschaftlichen Stadthaus in Maastricht, Holland. Die Männer schienen einander nicht zu kennen. Sie waren sehr schweigsam, wagten es kaum, sich anzusehen. Als sie eingetroffen waren, hatte ein Bediensteter sie mit undurchdringlicher Miene in den großen Saal geführt und sie dann gebeten, Platz zu nehmen und abzuwarten.

Franz Deker spielte nervös an den Knöpfen seiner Weste herum. Dieses Ambiente beeindruckte ihn sehr: die schlichte Holztäfelung, die Porträts, auf denen längst verstorbene Persönlichkeiten in feierlichen Posen dargestellt waren. Dann all die leeren Stühle um den Tisch herum und schließlich, im Hintergrund des Raums, dieser vergoldete Thron, der auf einem kleinen Podest stand und ebenfalls unbesetzt war. Ja, Franz Deker fühlte sich unbehaglich. Doch wie sollte man nicht eingeschüchtert sein, wenn man sich am Sitz einer Geheimgesellschaft befand?

Vor vierzehn Tagen hatte ihn einer seiner Kollegen, ein Mathematikprofessor, in etwas blumiger Weise über den GDK, den geheimnisvollen Geheimen Diplomatischen Konsularrat, informiert. Mehr hatte ihm der Kol-

lege nicht verraten, nur, dass der Verband von einer bedeutenden Persönlichkeit aus dem Ausland gefördert würde und dass Männer mit einer einwandfreien moralischen Gesinnung, wie er sie hätte, gesucht würden. Franz Deker war geschmeichelt, seine Neugier geweckt und er hatte zugestimmt, an dieser Informationsversammlung teilzunehmen.
Das Warten zog sich hin, war lang und ermüdend. Franz begann, sich Fragen zu stellen. Was sollte ein Mann seines Alters und Ansehens hier eigentlich? Wenn seine Studenten ihn sehen würden! Diese Gesellschaft war vermutlich ein frei erfundenes Spektakel, wenn sie nicht sogar grundsätzlich unseriös war.
Franz Deker verspürte plötzlich das Verlangen aufzustehen und zu fliehen. Doch in dem Augenblick öffnete sich die Flügeltür im hinteren Teil des Saals und einige Männer mit geschmückten Uniformen betraten den Raum – das war offensichtlich der GDK. Angeführt wurden die Männer von einem Greis mit Spitzbart, der recht ungewöhnlich gekleidet war. Er trug eine mit Goldfäden bestickte Uniform und einen Dreispitz mit roten Federn. In der Hand hielt er einen langen Stock, der in einen goldenen Knauf mündete. »Was für ein Affentheater!«, dachte Franz Deker, als er diesen Mummenschanz betrachtete. »Ach, wenn ich doch bloß nicht hier wäre!«
Doch plötzlich wurde seine Aufmerksamkeit erregt. Diesen Mann kannte er doch! Wer in Maastricht kannte ihn nicht? Es war Cornelius Wouters, der Notar, einer der Honoratioren der Stadt, ein Mann, der aus einer der ältesten Familien stammte und ein immenses Vermögen besaß. In diesem Augenblick veränderte sich Franz Dekers Stimmung. Seine Zweifel und seine

Befürchtungen waren wie weggeblasen. Die bloße Anwesenheit von Cornelius Wouters war die Garantie für die Seriosität und Korrektheit des Unterfangens.
Die Mitglieder des GDK, die mit weniger aufwändigen Uniformen, doch genauso originell bekleidet waren, nahmen an dem lang gezogenen Tisch Platz. Franz erkannte einen Kollegen, aber auch noch weitere bedeutende Persönlichkeiten der Stadt. Die Versammlung beeindruckte ihn immer mehr. Im Augenblick blieb der Thronsessel noch leer. Der Notar nahm seinen federgeschmückten Dreispitz ab und begann mit einer etwas hohen, durchdringenden Stimme:
»Zuerst heiße ich alle unsere Besucher willkommen. Dann möchte ich Ihnen das Telegramm unseres Förderers, Sir Winston Churchill, vorlesen: ›Leider kann ich an der Versammlung nicht teilnehmen. Ich grüße alle Mitglieder des GDK.‹«
Franz Deker machte, genau wie die anderen Gäste, große Augen. Winston Churchill! Er also war die große Persönlichkeit? Hätte er das aus einem anderen Mund als dem von Cornelius Wouters gehört, hätte er nicht im Geringsten daran geglaubt. Doch der Notar hatte soeben den Namen des berühmten Politikers genannt. Er faltete ein zweites Telegramm auseinander und fuhr mit seiner dünnen Stimme fort: »Ich habe das Vergnügen, Sie zu informieren, dass Seine Heiligkeit uns diese Botschaft hat zukommen lassen: ›Unsere besten Wünsche an den GDK. Wir freuen uns zu hören, dass sein Präsident katholisch ist.‹«
Franz Deker hatte plötzlich den Eindruck, sich in einer anderen Welt zu befinden, in einer geheimen, unterirdischen Welt, in der die eigentlichen Mächte über das Schicksal der Menschen entschieden. Würde der Präsi-

dent kommen? Wer mochte sich wohl hinter dem Mann verbergen, der eine solche Organisation leitete?
Drei junge, weiß gekleidete und reizend anzusehende Mädchen erschienen in der Tür. Die Mitglieder des GDK erhoben sich wie auf Befehl. Die zehn Gäste folgten ihrem Beispiel. Der Notar verkündete feierlich: »Adrian de Wit, Präsident des Geheimen Diplomatischen Konsularrats.«
Wieder war Franz Deker verblüfft. Der Präsident war ein junger Mann. Wie alt mochte er sein? Fünfundzwanzig? Bestimmt nicht älter. Er trug eine marineblaue Uniform, die reich mit Orden behängt war. In der Hand hielt er eine Art Zepter und auf dem Kopf trug er eine Admiralsmütze. Er entledigte sich seines langen marineblauen Umhangs und reichte ihn lässig einem der schönen jungen Mädchen. Danach bestieg er leichten Schrittes den Thronsessel. Franz Deker beobachtete ihn von seinem Platz aus mit größter Aufmerksamkeit. Der Präsident hatte dunkle Haare und schwarze Augen. Sein Aussehen erinnerte an einen jungen Kinohelden. Er ergriff jetzt mit starker Stimme das Wort und wirkte etwas melodramatisch.
»Meine lieben Freunde, ich habe schlechte Nachrichten. Der Krieg steht vor der Tür. Natürlich meine ich damit den Dritten Weltkrieg. Die Informationen, die ich erhalten habe, sind leider eindeutig. Der Krieg wird im nächsten Monat ausbrechen …«
In dem großen Saal erhob sich ein ängstliches Gemurmel. Doch Adrian de Wit hob beruhigend den Arm und sagte: »Glücklicherweise ist der GDK in der Lage, Frieden und Sicherheit zu gewährleisten. Inmitten dieser Hölle, die sich auf unserem Planeten entfesseln wird, besitzt unsere Organisation ein Paradies.«

Die Stimme des Präsidenten wurde leiser. Alle Anwesenden lauschten ihm gebannt.
»Durch Vermittlung gewisser hoher Persönlichkeiten, die ich nicht nennen möchte, konnte ich mit Moskau Kontakt aufnehmen. Soeben wurde ein Abkommen zwischen dem GDK und den Russen unterzeichnet. Die Russen haben sich verpflichtet, einen einzigen Punkt auf dieser Welt nicht anzugreifen. Es handelt sich dabei um eine kleine Insel. Wir sind im Besitz dieser Insel, die vor Südafrika liegt. Bald werden die Atombomben die Erde vernichten. Es wird keinen Flecken auf der Erde mehr geben, der ausgespart wird, außer diesem Zufluchtsort des GDK.«
An dem riesigen Tisch blickten sich die Anwesenden höchst aufgewühlt an. Der Präsident fuhr fort: »Meine Freunde, wie Sie sich denken können, finden nur wenige Menschen auf dem echten Rettungsboot der Menschheit Platz. Nicht einmal alle Mitglieder des GDK können an Bord gehen. Doch ich kann Ihnen versichern, dass wir bereits im Besitz des Schiffes sind. Es liegt im Augenblick in Rotterdam vor Anker. Es wurde mir zu Ehren *Präsident Adrian* getauft und wird in vierzehn Tagen in See stechen. Ich persönlich werde all jene auswählen, die mich zu unserer Insel begleiten werden.«
Die Atmosphäre im Saal war geladen. Die Mitglieder des GDK und die Gäste musterten sich gegenseitig. Wen würde der Präsident auswählen? Wer würden die Auserwählten sein, die der Katastrophe entgehen sollten? Ihre Gedanken wurden unterbrochen, als Adrian de Wit erneut das Wort ergriff.
»Meine Freunde, alles, was ich Ihnen gesagt habe, geschah ausschließlich unter dem Siegel absoluter Ver-

schwiegenheit. Ich muss Sie im Namen des GDK bitten, feierlich zu schwören, Schweigen zu bewahren ...«

Franz Deker leistete zusammen mit den anderen seinen Schwur. Als er kurz darauf durch die Straßen von Maastricht ging, fiel es ihm schwer, seine Gedanken zu ordnen. Noch nie in seinem Leben hatte er einen solchen Schock erlitten. Die Welt hatte sich in wenigen Augenblicken total verändert. Alles, was er jetzt sah, erschien ihm irreal, absurd. Diese Menschen mit ihren Sorgen, ihren Hoffnungen und ihren täglichen Verrichtungen hatten ja keine Ahnung. Sie lebten in einer Illusion. Lediglich die Mitglieder des GDK kannten die unerbittliche Wahrheit, die Mitglieder und er.

Nachdem Franz Deker in sein kleines, mit Büchern voll gestopftes Appartement zurückgekehrt war, versuchte er vergeblich, die Klausuren, die auf ihn warteten, zu korrigieren. Nach der dritten gab er auf. Wie hätte er sich nach allem, was er gehört hatte, noch auf solche Banalitäten konzentrieren können? Das Schicksal der Welt stand auf dem Spiel und damit auch sein persönliches. Franz Deker fing an, über sich selbst nachzudenken. Mit fünfzig hatte er das Gefühl, das Wesentliche nicht erkannt zu haben. Dieses allzu geordnete Leben eines eingefleischten Junggesellen, diese Routine, all die strengen Prinzipien, die er bis heute akribisch eingehalten hatte, hatten ihn schließlich erdrückt.

Seit langem schon hatte er das unbestimmte Gefühl, dass er eines Tages eine große Entscheidung würde treffen müssen. Nun war der Moment gekommen, sich von seinem düsteren, mittelmäßigen Leben zu verabschieden. Im Übrigen hatte er gar nicht die Zeit, jetzt noch zu zögern. Wenn er in Maastricht bleiben würde, wäre er in jedem Fall verloren. Wenn er mit den anderen ans andere Ende der Welt segeln würde, würde das kein Abenteuer, sondern eine Reise in die Sicherheit bedeuten. Als Franz Deker vor seinem Schreibtisch stand, musste er unwillkürlich lächeln. Zum ersten Mal in seinem Leben gingen Wagemut und Weisheit Hand in Hand.

Plötzlich stieß Franz jedoch einen ärgerlichen Seufzer aus. Es war ja leider nur ein Traum. Er hatte keinerlei Chance, zu den Auserwählten zu gehören. Warum sollte der Präsident gerade ihn auswählen, ihn, den kauzigen Philologieprofessor, der zudem nicht einmal Mitglied des GDK war?

Seine Freude war unfassbar, als er wenige Tage später, nachdem er Adrian de Wit einen wirren, aber respektvollen Brief gesandt hatte, zu einem Treffen gebeten wurde.

Franz Deker warf sich in Schale und begab sich zum Sitz des GDK. Im Vorzimmer, in das ihn ein Diener mit undurchdringlicher Miene gebeten hatte, spielte er, noch nervöser als beim ersten Mal, an den Knöpfen seiner Weste. Schließlich, nach endlosem Warten, kehrte der Bedienstete zurück und führte ihn in den großen Saal.

Der Präsident saß im Hintergrund auf seinem Thron. Franz Deker blieb in der Nähe der Tür stehen. Doch Adrian de Wit sprach ihn mit seiner sonoren Stimme an: »Kommen Sie nur näher, mein lieber Freund, und nehmen Sie rechts von mir Platz.«

Wie benommen ging Franz auf dem frisch gewachsten Parkettboden zwischen den Ehrfurcht gebietenden Porträts auf den Thron zu. »Lieber Freund« – der Präsident hatte ihn gerade mit »lieber Freund« angeredet und gebeten, sich rechts von ihm niederzulassen.

Als er Platz genommen hatte und den Blick seinem Gesprächspartner zuwandte, der gut einen Meter fünfzig über ihm thronte, war er zu aufgewühlt, um Worte zu finden. Zum Glück kam ihm Adrian de Wit zu Hilfe.

»Ihr Kollege hat Ihre beruflichen Verdienste und Ihre moralischen Prinzipien hoch gepriesen. Das ist gut, sehr gut sogar, Herr Deker. Sie genießen meine volle Wertschätzung. Reden Sie nur ganz ohne Furcht.«

»Herr Präsident, ich denke … ich hatte mir überlegt, dass ein Professor auf dieser Insel von Nutzen sein könnte. Die Kultur ist ein Element, das nicht vernachlässigt werden darf, und wenn es Kinder unter den … Auserwählten gibt, könnte ich mich um ihre Bildung kümmern.«

Der Präsident verharrte einen Moment in Schweigen. Franz Deker wagte es nicht mehr, ihn anzusehen. Jetzt würde sich sein Schicksal entscheiden. Schließlich ertönte Adrian de Wits Stimme. Und er stellte ihm die unglaubliche, verblüffende Frage: »Was halten Sie davon, Herr Deker, wenn Sie als Besoldung fünfzehnhundert Gulden pro Monat erhielten?«

Franz war so verblüfft, dass er nur noch stammeln konnte: »Eine Besoldung? Aber ich dachte, dass ich einen finanziellen Beitrag leisten müsste. Ich habe ein paar Ersparnisse.«

Der Präsident winkte von der Erhabenheit seines goldenen Throns ungeduldig herab.

»Wissen Sie, Herr Deker, der GDK braucht kein Geld. Die beträchtlichen Spenden, die wir von bestimmten Persönlichkeiten erhalten, reichen uns aus. Ich kann Ihnen ja anvertrauen, dass Winnie … also, Sir Winston Churchill, uns bereits zwei Millionen Pfund gespendet hat.«

Der Präsident legte die entsprechende Schweigepause ein, die eine solche Summe verdiente, und fuhr dann in einem entspannten, ja fast freundschaftlichen Ton fort: »Wenn Sie uns natürlich Ihre Ersparnisse anvertrauen wollen, können wir sie bei einer unserer Banken anlegen und Ihnen jährlich einen Zins von zehn Prozent zahlen. Wie hoch sind sie?«

Franz Deker genierte sich, die lächerlich niedrige Summe zu nennen, auch wenn sie das Ergebnis von fünfundzwanzig Jahren Entbehrungen waren. Er sagte wie zu seiner Entschuldigung: »Sechsundfünfzigtausend Gulden.«

Der Präsident lächelte verständnisvoll.

»Beim GDK gibt es weder reich noch arm. Sie gehören zu uns, Herr Deker. Die *Präsident Adrian* läuft genau in drei Wochen aus. Mein Freund Cornelius Wouters, der Schatzmeister unseres Verbands, gibt Ihnen alle Anweisungen für die Überweisung.«

Die Tage, die dann folgten, vergingen für Franz Deker wie im Traum. Er räumte sein Bankkonto ab, löste sein Sparbuch auf, verkaufte seine Aktien, seine Möbel, einfach alles, was irgendwie verkäuflich war, einschließlich der Bücher, die er nicht mit auf die Reise nehmen wollte. Anschließend kündigte er natürlich seine Arbeitsstelle beim Schul- und Hochschulwesen. Seine Kollegen, die über diese brüske und unverständliche Entscheidung ziemlich verblüfft waren, veranstalteten eine kleine Abschiedsfeier für ihn und schenkten ihm einen wunderschönen goldenen Füllfederhalter.

Dann endlich kam der verheißungsvolle Tag. Am 15. Februar 1951 fuhr Franz Deker nach Rotterdam, wo die *Präsident Adrian* auf ihn wartete. Er war glück-

lich und wiederholte immer wieder, ohne daran wirklich glauben zu können: »Ich bin gerettet!«
Als er mit seinen beiden schweren Koffern voller Bücher, die er sorgfältig ausgewählt hatte, um die Überlebenden des Dritten Weltkriegs zu unterhalten und fortzubilden, an den Kais ankam, strahlte sein Gesicht vor Vorfreude. Die *Präsident Adrian* war bereits da. Es handelte sich um eine imposante Luxusyacht, ein echtes Milliardärsschiff. Eigentlich hatte er von dem sagenhaft reichen GDK nichts anderes erwartet, doch war er dennoch etwas verwundert. Was eigentlich ein Schiff der Geretteten hätte sein sollen, erwies sich von Anfang an eher als eine Art Kreuzfahrtschiff.
Und in den nächsten Momenten bestätigte sich sein Eindruck. Alle waren charmant: Cornelius Wouters, der Notar, der ihn oberhalb der Gangway mit seiner reich verzierten Uniform und seinem federgeschmückten Dreispitz erwartete, der Kapitän, die Mannschaft und natürlich der Präsident Adrian de Wit, der ihn persönlich in seiner marineblauen Uniform begrüßte.
Anschließend lernte Franz Deker seine Reisegefährten kennen, also die anderen Auserwählten. Es waren alles wohlhabende Bürger aus Maastricht und Umgebung. Franz stellte etwas überrascht fest, dass alle Holländer waren. Er hätte eher angenommen, dass eine Weltorganisation wie der GDK die bedeutendsten Persönlichkeiten eines jeden Landes ausgewählt haben würde. Doch der Präsident hatte sicherlich seine Gründe, die einem normal Sterblichen unverständlich waren.
Mit großem Sirenenlärm stach die *Präsident Adrian* in See. Franz Deker verspürte keine Gewissensbisse, als sie sich langsam vom Hafen von Rotterdam und der

holländischen Küste entfernten. Natürlich wusste er, dass alle Menschen, die er zurückgelassen hatte, dem Untergang geweiht waren. Trotzdem fing für ihn das Leben jetzt erst an. Mit fünfzig Jahren, nach einem langen Leben des Pflichtbewusstseins und der Prinzipien, genoss er endlich das Vergnügen, egoistisch zu sein.

Das Schiff des GDK folgte dem Kurs nach Süden. Über dem Mast wehte die Flagge des Verbandes, eine Weltkugel, die von Eichenblättern umgeben war. Franz Deker war, genau wie die anderen Passagiere, luxuriös untergebracht. Er hatte eine private Kabine mit eigenem Bad. Noch nie in seinem Leben hatte er einen solchen Luxus erlebt. Er nahm die Bücher aus dem Koffer und ordnete sie sorgfältig in den Kabinenschrank ein. Er hatte den Eindruck, in gewisser Weise das Gewissen und den Geist dieser kleinen Gruppe von Menschen, die alle anderen überleben sollten, zu symbolisieren. Er glaubte, eine Mission erfüllen zu müssen.

Im Augenblick jedoch war das Leben an Bord der *Präsident Adrian* alles andere als fromm und förmlich. Ganz im Gegenteil. Die erste Mahlzeit, die gemeinsam im luxuriösen Speisesaal eingenommen wurde, war ein regelrechtes Festmahl. Franz Deker, der bisher nur bei großen Anlässen Wein getrunken hatte und dann auch eigentlich eher gezwungenermaßen, entdeckte, dass Champagner keineswegs eine Erfindung des Teufels war, wie es die französischen Papisten und andere Abstinenzler glaubten. Auch er war bisher dieser Überzeugung gewesen. Beim vierten Glas stieß er mit seiner Nachbarin an, der Witwe eines Industriellen in Maastricht, die alles in allem gar nicht so unangenehm und auch nicht so einfältig war, wie er vermutet hatte …

Sie liefen einen Hafen nach dem anderen an. Langsam fuhr das Schiff die Küsten Frankreichs entlang. Adrian de Wit war ein perfekter Gastgeber. Er kümmerte sich unermüdlich um das Wohl seiner Passagiere. Und Cornelius Wouters, der Notar, der seine zweite Jugend zu erleben schien, erfüllte seine Rolle als Zeremonienmeister auf das Vorbildlichste.
In jedem Hafen eilten die Passagiere natürlich an Land, um Neuigkeiten zu erfahren, und jedes Mal waren sie etwas erstaunt. Niemand schien auch nur im Geringsten Angst vor dem Ausbruch des Dritten Weltkriegs zu haben. Doch lag das vermutlich daran, dass er ganz plötzlich ausbrechen und deshalb umso schrecklicher und endgültig sein würde.
Das Klima wurde allmählich wärmer. Nach der französischen Küste kam die von Spanien, dann jene von Nordafrika und schließlich die von Schwarzafrika. Das Schiff war jetzt bereits vierzehn Tage auf See. Vermutlich hatte man jetzt den halben Weg zurückgelegt. Nach weiteren vierzehn Tagen würden sie die Insel des Paradieses anlaufen.
Plötzlich wurde jedoch der Kurs geändert, das Schiff bewegte sich jetzt nur noch auf hoher See. Gewiss, die Passagiere vermissten die Landgänge. Doch der Präsident hatte ihnen eine eindrucksvolle Rede gehalten, um ihnen zu erklären, dass es, da nun der Krieg kurz bevorstand, zu gefährlich sei, sich in Landnähe aufzuhalten. Die Abende waren nach wie vor sehr unterhaltsam und die Tage vergingen wie im Flug. Kurzum, alle waren begeistert und wurden immer aufgeregter, je näher das vorgesehene Datum rückte.
Seit einiger Zeit war die Temperatur wieder etwas abgekühlt, was Franz Deker nicht überraschte. Nachdem

sie den Äquator überquert hatten, befanden sie sich sehr weit unten in der südlichen Hemisphäre. Was ihn jedoch wunderte, war, dass immer mehr Schiffe aller Arten und Nationalitäten auftauchten, je mehr sie sich der abgelegenen Insel näherten. Er äußerte dies gegenüber dem Präsidenten, der ihm in einem Ton, der keinen Widerspruch duldete, erklärte:
»Wissen Sie nicht, was eine Seestraße ist? Wir befinden uns gerade auf einer solchen und werden im richtigen Augenblick davon abbiegen.«
Endlich, nach einem Monat auf See, erblickten sie am 17. März 1951 die Insel. Wegen des Nebels konnte man sie schlecht sehen. Doch waren Franz Deker und die anderen Passagiere im Stande, die hohen Kreidefelsen zu erkennen. Vermutlich hatten sie sich ihr Paradies nicht ganz so vorgestellt. Da dies jedoch der einzige Punkt der Erde war, der vom Krieg verschont werden würde, durfte man nicht allzu anspruchsvoll sein.
Einige Stunden später machten die glücklichen Auserwählten auf der *Präsident Adrian* nacheinander zwei Entdeckungen. Erstens waren der Präsident und der Notar und Zeremonienmeister Cornelius Wouters wie vom Erdboden verschwunden. Zweitens landeten sie zwar auf einer Insel, doch konnte man diese nicht unbedingt als abgelegen bezeichnen. Denn sie befanden sich in … England! Die *Präsident Adrian* war am Ziel angelangt und fuhr gerade majestätisch in den Hafen von Southampton ein …

Es dauerte schließlich einige Monate, bis man auf britischem Boden Spuren von Adrian de Wit und seinem Komplizen, dem ehrenwerten Notar Cornelius Wouters, gefunden hatte. Letzterer hatte zwar auch an dieser ungewöhnlichen Kreuzfahrt teilgenommen, allerdings nicht ganz so, wie die anderen, denn er hatte das gesamte Geld seiner Kanzlei auf diese Weise außer Landes gebracht.

Die beiden, de Wit und Wouters, wurden nach Holland ausgeliefert und vom Gericht in Maastricht zu jeweils zweieinhalb Jahren Gefängnis verurteilt.

Die Opfer traten nur ungern als Zeugen auf, insbesondere der unglückliche einstige Philologieprofessor Franz Deker. Man wird auch nie erfahren, ob es aus Angst vor der Lächerlichkeit geschah oder ob die Zeugen trotz allem den beiden Betrügern dankbar waren, dass sie ihnen einen traumhaften Monat beschert hatten. Selbst wenn es die teuerste Kreuzfahrt aller Zeiten gewesen war.

Kleinanzeigen

Frankreich, 1993. Jacques Manfreron, siebenundvierzig Jahre alt, wurde im Lauf von fünfundzwanzig Jahren mehrmals verurteilt und verbrachte fünfzehn Jahre hinter Gittern. Er wurde immer wegen des gleichen Delikts verurteilt: Betrügereien in allen Variationen. Er war der typische Wiederholungstäter.

Er war, wie übrigens die meisten Betrüger, sehr sympathisch, ein Allerweltstyp mit einem Gesicht, das man, wenn er außer Reichweite war, sofort wieder vergaß. Zu Recht baute er auf diese »Qualität«. Unser durchtriebener Fuchs gab in verschiedenen Wochenzeitungen seiner Gegend Kleinanzeigen auf, die in diesen Krisenzeiten verlockende Jobs in Aussicht stellten. Die Antworten mussten an ein Postfach gerichtet werden. Trotz dieser Tatsache hegten die Jobsuchenden, die häufig am Rand der Verzweiflung waren und in großer Zahl antworteten, keinerlei Zweifel.

Manfreron öffnete dann ungeduldig die Briefe. Ihn interessierte bei dieser Flut von Bewerbungen nur das eine: die Identität des Arbeitslosen. Wie durch Zufall erforderten diese Jobs ein Profil, das dem von Jacques selbst sehr ähnelte.

Die Briefe häuften sich auf seinem Schreibtisch. Doch er griff lediglich die Lebensläufe heraus, die jeder seinem Antrag hatte beifügen müssen. Dann begann die zweite Phase des Geschäfts. Er wandte sich an das jeweilige Arbeitsamt, das für die Zahlung des Arbeitslosengelds für den unglückseligen Bewerber zuständig war. Dabei gab er sich mit gefälschten Unterlagen als der entsprechende Arbeitslose aus und beantragte das Arbeitslosengeld, das ihm dann auch anstandslos überwiesen wurde. Die armen Geprellten, die ängstlich abwarteten, erhielten lediglich eine abschlägige Antwort oder den Beleg für eine Zahlung, die sie nicht erhalten hatten. Sie erstatteten Anzeige und es wurde eine Untersuchung angestellt.

Jacques, ein typischer Vertreter der modernen Zeit, der sich die Identität der armen Arbeitslosen angeeignet hatte, hoffte, dass er nicht zufällig im Arbeitsamt auf einen von ihnen stieß. Doch er hatte Glück und kassierte das Geld, das eigentlich ihnen zustand.

Dann trieb er die Verwegenheit so weit, dass er eines seiner Opfer zu Hause aufsuchte. Dabei schlüpfte er in die Rolle eines Inspektors vom Arbeitsamt, bei dem er häufig vorsprach, und wirkte sehr überzeugend. Er hatte nämlich, wie er sagte, einen »Entschädigten« identifiziert, dem die Versicherung aus Versehen eine Zahnbehandlung erstattet hatte, die in Wirklichkeit an Jacques' Kiefer vorgenommen worden war. Mit teuflischer Geschicklichkeit gelang es ihm, sich in klingender Münze das Geld »erstatten« zu lassen, das der Unglückliche einkassiert hatte, auch wenn dieser nicht verstand, weshalb man ihm eine Zahnbehandlung erstattet hatte, an die er sich nicht erinnern konnte.

Und so ging es weiter, vierundzwanzig Monate lang. Jacques, der sich immer sicherer fühlte und wie eine kleine, aber emsige Maus sein Loch in den riesigen Käse der öffentlichen Gelder grub, wurde noch dreister und spezialisierte sich auf die Herstellung falscher

Ausweise. Dazu gehörte auch ein Polizeiausweis, den er kaltblütig echten Polizisten, die ihn auf der Straße anhielten, unter die Nase hielt. »Ich bin einer von euch«, versicherte er ihnen, ohne mit der Wimper zu zucken. Doch die Polizisten waren misstrauisch. Sie stellten Nachforschungen an und nahmen ihren angeblichen Kollegen wegen Betrugs fest. Dieser musste dann vier Jahre hinter Gitter. Hoffentlich bewahrten sie in der Zwischenzeit seine Akte fürs Arbeitsamt auf.

Die Geschichte von den Truthähnen

2. September 1950. In Lübeck, dem großen norddeutschen Hafen an der Ostsee, war Feiertag. Man beging die Siebenhundertjahrfeier der Marienkirche, die Ende des 13., Anfang des 14. Jahrhunderts erbaut worden war. Und zu diesem Anlass sollte eine der noch sichtbaren Spuren des noch nicht allzu lange zurückliegenden Krieges beseitigt worden sein …

In der Nacht vom 28. auf den 29. März 1942 hatte nämlich ein Luftangriff das Gotteshaus getroffen. Vor allem die Wandfresken über der Apsis des Chors und an den Seiten waren stark beschädigt worden. Die Fresken waren ungefähr im Jahr 1300 angefertigt worden und stellten Meisterwerke der frühen Malerei in Deutschland dar. Als der Krieg beendet war, hatte man beschlossen, sie zu restaurieren. Damit wurde der große Fachmann auf diesem Gebiet, der Maler Dietrich Fey, betraut, und die Restauration sollte unter der Aufsicht von Bruno Fendrich, dem Kirchenverwalter, durchgeführt werden. Da es sich jedoch um ziemlich umfangreiche Restaurationsarbeiten handelte, engagierte Dietrich Fey einen jungen Künstler, der gleichfalls auf diesem Gebiet Erfahrung hatte: Lothar Malskat.

Alles verlief nach Plan und am 2. September, dem vorgesehenen Datum, wurden die restaurierten Fresken von den Vertretern der Behörden in Anwesenheit in-

ländischer Kunstexperten der Öffentlichkeit zugänglich gemacht. Bundeskanzler Dr. Konrad Adenauer ließ sich von Dietrich Fey die Fresken erklären, und der berichtete ihm auch von den Problemen, die er hatte bewältigen müssen.
»Wissen Sie, Herr Bundeskanzler, hier fand eine regelrechte Renaissance statt. Viele Teile waren verbrannt und einige waren durch die Druckwelle beschädigt worden.«
»Wie gelang es Ihnen, sie unter diesen Umständen zu rekonstruieren?«
»Das genau ist mein Beruf. Bei den Farben genügt ein unbeschädigtes Bruchstück, und sei es nur ein Quadratmillimeter, um sie wieder rekonstruieren zu können. Was das Motiv der Fresken betrifft, so gelingt es immer, auch wenn es stellenweise zerstört ist, die Linien aufzufinden und sie fortzuführen.«
Dr. Adenauer beglückwünschte Dietrich Fey zu seiner Arbeit und die Bewohner Lübecks, die ihre renovierte Kirche besichtigten, zeigten dieselbe Begeisterung.
»Was für zarte Farben! Welche Ausdruckskraft der Gesichter.«
»Das ist wirklich ein Wunder.«
Alle waren stolz, dass dieses historische Kleinod in ihrer mittelalterlichen Stadt wieder restauriert war, und die Post gab kurz darauf zwei Briefmarken heraus, welche die Fresken zeigten; auf diesen Marken stand: »Gedenkmarke zum siebenhundertjährigen Bestehen der Lübecker Marienkirche.«
Die Verantwortlichen bei der Post hatten natürlich bei ihrer Motivwahl den Hauptteil, also den Chor, ausgewählt, wo sich auch die Jungfrau Maria befand, der die Kirche gewidmet war. Es wäre ihnen nicht in den Sinn

gekommen, sich für einen anderen Teil zu interessieren, unten rechts von einer der Seitenfresken, am äußersten Ende des Werks. Der Künstler, der hier das irdische Paradies dargestellt hatte, hatte in eine leuchtend grüne Umgebung inmitten anderer Tiere der Schöpfung zwei Truthähne gesetzt.
Auch wenn dies erstaunlich erscheinen mag, sind diese bescheidenen Vögel die Hauptgestalten dieser Geschichte.

In den folgenden Monaten gab es seitens der Spezialisten viele Würdigungen dieser bewundernswerten Fresken. In einer eigens diesen Fresken gewidmeten Broschüre der Kieler Kunsthalle konnte man lesen: »Die Jungfrau Maria ist wunderbar; die Heiligen scheinen, in Erwartung des Jüngsten Gerichts, den Blick nach Westen zu richten. Der mittelalterliche Künstler, dem Lübeck dieses Meisterwerk verdankt, ist unbekannt. Sicher war er ein Nachkomme dieser sehr alten Meister, die ihre ganze Persönlichkeit – wenn auch ungenannt – in die Arbeit einbrachten.«
Ein Schweizer Kunsthistoriker schrieb in einem Werk über mittelalterliche Kunst in Deutschland: »Die Bilder der Heiligen, die in Dreiergruppen dargestellt sind, sind die ausdrucksvollsten. Auch die Apostel, die Patriarchen und die Mönche sind in Dreiergruppen abgebildet. Alle wurden in einem recht schlichten Stil konzipiert, fast romanisch. Sie sind deutlich älter als die Figuren des Kirchenschiffs. Deren Umrisse sind biegsamer, weicher, durch und durch gotisch und erinnern an die Personen der Heldenepen, die im Übrigen ungefähr aus der gleichen Zeit stammen …«
Eines Tages verlangte einer der zahlreichen Besucher,

die herbeigeströmt waren, um die Fresken der Lübecker Marienkirche zu bewundern, den Kirchenverwalter Bruno Fendrich zu sprechen. Nachdem er ihm Komplimente über die gelungene Restauration gemacht hatte, kam er auf das zu sprechen, was ihn eigentlich hergeführt hatte.
»Was mich stört, sind die Truthähne.«
»Die des irdischen Paradieses? Was werfen Sie ihnen denn vor?«
»Ich werfe ihnen nichts vor, ich wundere mich nur über ihre Anwesenheit. Die Truthähne stammen schließlich aus Amerika, genauso wie zum Beispiel die Kartoffel.«
»Sind Sie sicher?«
»Unbedingt. Ich bin Geschichtsprofessor an der Universität. Die Truthähne wurden etwa um 1550 von den Spaniern in Europa eingeführt, und da die Fresken auf etwa 1300 datiert werden ...«
Der Verwalter Bruno Fendrich war außer sich und wandte sich daraufhin an Spezialisten für mittelalterliche Kunst und andere Historiker. Es gab eine Diskussion, die in der Presse veröffentlicht wurde. Doch entgegen dem, was man hätte annehmen können, stellten die Ergebnisse der einen sowie der anderen Gelehrten die Echtheit des Werks nicht in Frage. Im Gegenteil, sie trugen dazu bei, dass Lübeck einen noch größeren Stolz empfand.
Im Hochmittelalter gehörte die Stadt zu Dänemark, der Heimat der Wikinger. Mittlerweile weiß ja so gut wie jeder, dass nicht Christoph Columbus als Erster Amerika entdeckt hat, sondern vielmehr, etwa im Jahr tausend, der Wikinger Erich der Rote. Das, was er und seine Gefährten gesehen hatten, wurde vermutlich in den skandinavischen Ländern mündlich überliefert

und der anonyme Freskenmaler hatte sich daran wohl erinnert.
Dies war damals die Sachlage, zumindest fast zwei Jahre lang, bis am 7. Oktober 1952 ein Mann um die vierzig den Hauptkommissar von Lübeck sprechen wollte. Als dieser hörte, dass es um die Fresken der Marienkirche gehe, empfing er den Fremden schließlich. Der stellte sich vor: »Ich bin Lothar Malskat. Sagt Ihnen der Name etwas?«
»Ehrlich gesagt, nein.«
Der Mann lächelte bitter. »Natürlich, damals war jeder nur von Dietrich Fey begeistert. Die Interviews in den Zeitungen, die Glückwünsche des Kanzlers – er hat alle Ehrungen eingeheimst. Für diese Arbeit hat er hundertzwanzigtausend Mark erhalten und mir hat er pro Woche gerade mal hundert gegeben. Dabei habe eigentlich ich alles gemacht.«
»Es tut mir Leid, aber wie kann ich Ihnen helfen?«
»Sie verstehen nicht. Wenn ich sage, dass ich alles gemacht habe, soll das heißen, dass ich die Fresken gemalt habe. Sie waren derart zerstört, dass sie überhaupt nicht mehr restauriert werden konnten. Dietrich Fey hatte alle entfernen lassen und mir befohlen, sie nach meiner Inspiration neu zu malen … Das ist übrigens nicht das erste Mal, das Gleiche hat er schon mit dem Schleswiger Dom gemacht.«
»Was hatte es damit auf sich?«
»Es war noch vor dem Krieg. Dietrich Fey sollte gotische Fresken restaurieren, die im 19. Jahrhundert durch wertlose Malereien übertüncht worden waren. Da er das Abwaschen der Wände nicht ordnungsgemäß ausgeführt hatte, war daraufhin alles verschwunden. Also hat er mich geholt, damit ich die abgewa-

schenen Fresken durch neue ersetze. Er wusste, dass ich sehr schnell malen und gut kopieren konnte.«
Der Kommissar betrachtete den mageren Mann mit dem dunkelbraunen Vollbart. Er schien nicht gerade sehr ausgeglichen zu sein und wirkte etwas geheimnisvoll. Hatte er es etwa mit einem krankhaften Lügner zu tun, der hier Anklage erhob? Das war immerhin möglich. Sein Bericht klang zwar etwas wirr, aber durchaus ehrlich. Der Kommissar sagte: »Das sind ungeheuer schwer wiegende Anschuldigungen. Weshalb haben Sie damit zwei Jahre gewartet?«
»Wegen der Truthähne.«
»Wie bitte?«
»Die Truthähne, die aus Amerika stammen und die der anonyme Künstler 1300 noch nicht gekannt haben konnte. Ich verstehe nicht, dass man dadurch nicht alles aufgedeckt hat. Auf jeden Fall konnte ich nicht mehr schlafen. Ich hatte Angst, entdeckt zu werden, und außerdem fühlte ich mich schuldig. Ich hatte den Geist des ursprünglichen Künstlers beleidigt, indem ich diese Truthähne hinzugefügt hatte. Doch das war nicht meine Schuld. Ich wusste es nicht und zudem musste ich schnell arbeiten.«
Der Kommissar holte nach diesem Gespräch Erkundigungen über Lothar Malskat ein. Was er erfuhr, entsprach dessen Aussagen. Er wurde 1913 in Königsberg, Ostpreußen, geboren. Nachdem er Malerei studiert hatte, wurde Professor Fey, ein renommierter Kirchenrestaurator, auf ihn aufmerksam.
Tatsächlich besaß Malskat, wie er behauptet hatte, das ungewöhnliche Talent, die Stilarten aller Epochen nachmalen zu können, und zudem arbeitete er sehr schnell. Der Professor engagierte ihn für Restaura-

tionsarbeiten und zahlte ihm pro Stunde eine Mark zwanzig. Fey heimste an seiner Stelle den Ruhm ein und kassierte zudem die hohen Preise für die Arbeiten. Lothar Malskat hatte auch 1937 in dessen Auftrag den Schleswiger Dom restauriert.

Nachdem Malskat während des Krieges in Norwegen gekämpft hatte, zog er nach Hamburg und lebte mehr schlecht als recht von der Malerei. Im Nachkriegsdeutschland waren die Gemäldehändler nicht gerade geizig, und wahrscheinlich gehörte er zu den Fälschern, die gerade Hochkonjunktur hatten und in den besetzten Ländern gefälschte Rembrandts, Watteaus, Degas', Corots, Van Goghs, Renoirs, Chagalls, Matisses oder Utrillos als von den Nazis gestohlene Gemälde ausgaben.

Doch währte diese gute Phase nicht ewig und Lothar Malskat verbrachte eine schwere Zeit. Dietrich Fey beauftragte ihn schließlich mit der Restauration der Marienkirche in Lübeck und er nahm den Auftrag an. Dies besagte auch die Akte, die die Polizei über Malskat anlegte. Doch Dietrich Fey war so angesehen, dass er ungeschoren davonkam. Folglich tat der Maler den entscheidenden Schritt. Er nahm sich einen Anwalt und bezichtigte sich selbst der Fälschung. Daraufhin sah man sich gezwungen, ihn festzunehmen und er wurde vor den Kommissar geladen.

Malskat legte seine Anklage gegen Fey folgendermaßen dar: »Fey hat damals die Neugierigen abgehalten, indem er vor dem Portal ein Plakat anbrachte, auf dem ›Achtung! Einsturzgefahr‹ stand. Er kaschierte die Restaurationsarbeiten, indem er alle möglichen Gerüste aufstellte. Zudem lag er stets auf der Lauer. Wenn sich nämlich jemand trotz der Warnung dem Ort

näherte, hustete er, und ich musste meine Arbeit unter Brettern verbergen.«
Lothar Malskat ging sogar noch einen Schritt weiter, er legte einen Beweis vor, ein Foto, das er aufgenommen hatte. Es zeigte die leeren Wände der Marienkirche, bevor die Fresken gemalt wurden.
Dietrich Fey griff ihn wegen Diffamierung an. Das Foto sei eine Trickaufnahme und Lothar Malskat ein Fantast oder ein krankhafter Lügner, der sich nur wichtig machen wolle.
Hier konnten nur noch Experten entscheiden. Eine Kommission wurde unter dem Vorsitz von Professor Grundmann, Hamburg, Präsident des Verbands für Denkmalschutz, gebildet. Das Ergebnis war unwiderruflich: »Die einundzwanzig Figuren im Chor stammen nicht aus der Gotik, sondern sind das Werk von Lothar Malskat.«
Das Urteil wurde am 25. Januar 1955 gesprochen. Dietrich Fey wurde zu zwanzig Monaten Gefängnis verurteilt, Lothar Malskat zu achtzehn Monaten. Da Letzterer diese Zeit bereits in Untersuchungshaft verbracht hatte, wurde er unverzüglich freigelassen und wanderte nach Schweden aus, wo es ihm gelang, seinen Lebensunterhalt mit der Malerei zu verdienen – in allen Ehren.
Doch das Erstaunlichste an dieser ganzen Geschichte sollte erst noch kommen und dabei handelt es sich keineswegs um eine Anekdote. Vielmehr hat es eine philosophische Dimension, das heißt, es ist uns heute erlaubt, das Gefühl eines Menschen als einziges Kriterium für die künstlerische Schönheit anzusehen.
Als Folge des Urteils wurden die Fresken der Marienkirche in Lübeck abgewaschen und so lange bearbei-

tet, bis die Wände wieder so kahl waren, wie es einst Lothar Malskat auf dem Foto festgehalten hatte, bevor er damit angefangen hatte, sie zu bemalen. Warum?, fragt man sich da.

Warum wurden diese Fresken, die selbst der Kanzler bestaunt hatte, welche die Kritiker in den Himmel gelobt hatten, die von der ganzen Stadt bewundert und die auf zwei Briefmarken abgebildet worden waren, plötzlich als schändlich und verachtenswert angesehen? Nur, weil gerade bewiesen worden war, dass sie nicht authentisch waren? Aber was änderte das an ihrer Schönheit?

Sie waren nicht von einem anonymen Maler des Jahres 1300 gemalt worden, sondern von einem des 20. Jahrhunderts, der etwas mystisch inspiriert gewesen war und der sie voller Hingabe gemalt hatte. Nach der allgemeinen Meinung fügten sie sich ideal in das Bild der Marienkirche ein. Die Jungfrau inmitten des Chors war wunderschön. Und die Heiligen, die auf das Jüngste Gericht warteten, den Blick nach Westen gerichtet, hatten ebenfalls ein anmutiges Antlitz. Auch die Figuren des Kirchenschiffs, die an die Gestalten der Heldenepen erinnerten, strahlten glanzvoll. Und zweifellos waren auch die Truthähne, welche in Gesellschaft der anderen Tiere der Schöpfung das irdische Paradies genossen, wunderbar anzusehen. Warum also sollten sie nicht mehr so schön sein, nur weil sie nicht von dem Künstler gemalt worden waren, dem man sie zugesprochen hatte? Ja, warum?

Folgende Geschichten wurden von Antoinette Gittinger übersetzt:

Alles über Patrick
Blindekuh
Der Mann, der den Eiffelturm verkaufte
Der Sonnenstich
Der Traum des Fernfahrers
Der weiße Windhund
Die Geschichte von den Truthähnen
Die kleinen Schweine
Die Millionen des Maharadschas
Die Süßwarenbande
Die teuerste Kreuzfahrt der Welt
Ein Abend in Hamburg
Ein gewiefter Experte
Ein kleines Meisterwerk
Ein unterzuckerter Diabetiker
Ein Versprechen aus Afrika
Glücklich wie Ulysses …
Im Namen des Vaters, des Sohnes und des Heiligen Geistes …
Kleinanzeigen
Kleiner Streichholzhandel
Letztendlich zählt das Glück
Slawische Post-Impressionen
Versuchung im Pigalle

Folgende Geschichten wurden von Klaus Jöken übersetzt:

Das Schneeball-Prinzip
Das spiritistische Brett
Die dreiundzwanzig Särge
Die Loire-Schule
Die vierzehntausend Vettern
Heiße Diamanten